W0312358

REINER STRUNK • Der Dolch des Patriarchen

REINER STRUNK

Der Dolch des Patriarchen

Beermanns zweiter Fall

neukirchener
aussaat

Erst seit Jahren werde ich dauernd gefragt, als was ich mich empfinde – als Deutscher oder Iraner, als Europäer oder als Muslim. Irgendwann beginnt man tatsächlich, darüber nachzudenken. Dabei möchte ich mich in keine Identität pressen lassen, selbst wenn es meine eigene wäre.

NAVID KERMANI

Der Tod platzte gegen Abend herein.
Buchstäblich.

Missmutig war Beermann am frühen Nachmittag zur Sitzung des kirchlichen Finanzausschusses aufgebrochen, der mit Vorliebe tagte, wenn die Pfarrer eigentlich dienstfrei hatten. Also montags. Es würde wieder um Überkapazitäten bei den Immobilien gehen und um Erlöse aus günstigen Verkäufen. Dabei würde der Finanzchef die angespannte Situation des landeskirchlichen Haushalts hervorheben, und alle wussten, dass es sich um einen Refrain handelte, den er bei jeder Gelegenheit sang. Kollege Meyer, ein Altgedienter im Pfarramt mit unstillbarer Lust zur Opposition, pflegte dann auf Nachrichten hinzuweisen, die ganz anders lauteten. Demnach hätten die Kirchensteuereinnahmen erneut zugenommen, trotz weiteren Schwunds bei den Mitgliedszahlen. Da werde doch nicht irgendjemand nach dem Limburger Modell verborgene Schatullen anfüllen, um sie später für den Bau von Prälatenpalästen zu plündern?

Es war Mitte September, und die ersten Netze des Altweibersommers überzogen die Rosen und Rhododendronsträucher hinter dem Pfarrhaus. Die Hitzetage des August, unter denen Beermann empfindlich litt, hatten sich verabschiedet und einem milderen Klima Platz gemacht. Der unbequemen Verpflichtung im Sitzungssaal hätte er gern eine private Veranstaltung vorgezogen, mit dem Rad auf die Höhe und hinüber zu den ausgedehnten Wäldern der Solitude, vielleicht bis zum Bärenschlössle, wo die Menschenschlange vor der Kaffeeausgabe zumindest an Wochentagen überschaubar blieb.

Beermann hatte aber der Neigung tapfer widerstanden und sich für die Pflicht entschieden. Hatte ziemlich geistesabwesend die Andacht über sich ergehen lassen, die bei keiner kirchlichen Sitzung – weiß der Himmel, weshalb? – fehlen durfte, genauso wenig, wie die geteilten Laugenbrezeln zum dünnen Kaffee. Er hatte den Aufstellungen des Kirchenpflegers mit halbem Ohr zugehört und sich bei der anschließenden Debatte ins Reich seiner Träume davongestohlen. Ohnehin stellten diese Sitzungen ein Ritual mit geringen Variationen dar. Man konnte drauf wetten, welcher Kollege das Wort ergreifen und was er vorbringen würde. Und auch, welche Kollegin bereits in den Startlöchern hockte, um ihm postwendend zu widersprechen, weil sie ihn für einen Schwätzer und mehr als das – für einen eingefleischten Sexisten hielt.

Dem milden Dekan, der sich vor allem keine Gegner

machen wollte, war mit Sicherheit bewusst, dass Beermann den Saal vorzeitig verlassen würde, denn das tat er gewöhnlich. Einmal, weil die ungeliebte Veranstaltung ruhig ein bisschen abgekürzt werden konnte, und dann, weil zum Ende der Sitzung in der Regel Bezirksaufgaben zu verteilen waren, von denen er sich in seinem Gewissen grundsätzlich freisprach. Als die Saaltür hinter ihm ins Schloss glitt, atmete er auf wie ein Schulbub, der sich unter frechem Vorwand eine Freistunde erschwindelt hatte. Er bestieg sein Rad und rollte los, um beim ersten Straßencafé Halt zu machen, einen geschickten Aussichtsplatz zur Allee hinaus zu suchen und einen kolossalen Eisbecher zu bestellen. So, zum Kuckuck, konnte das immer noch ein annehmbarer ›Pfarrersonntag‹ werden. Die Friseure waren zu beneiden. Sie mussten sich ihren freien Montag nicht mit allerlei Tricks und Heimlichkeiten erkämpfen. Sie durften einfach vor ihrer Haustür die Beine hochlegen und Zeitung lesen, und niemand nahm Anstoß daran.

Der Nachmittag war bereits fortgeschritten, als Beermann in die Einfahrt zum Pfarramt bog, das Rad in der Garage abstellte und sein ebenerdiges Büro betrat. Vorher hatte er sich vergewissert, dass seine Frau Bettina aushäusig war. Sie hatte ihm einen Zettel auf die unterste Treppenstufe gelegt mit dem Vermerk, sie wisse auch nicht genau, wann sie zurück sei. Dann wird's spät, dachte Beermann und warf den zerknüllten Zettel in seinen Papierkorb.

Er setzte sich an den Schreibtisch und überlegte, ob er mit den Vorbereitungen für den Konfirmandenunterricht beginnen sollte. Das Ergebnis war negativ. Konfirmandenunterricht erschien auch nicht lustvoller als Finanzausschuss. Also griff er nach einem Bildband über Rom, den er kürzlich von einer dankbaren Witwe geschenkt bekommen und deren krebskranken Mann er begleitet und schließlich beerdigt hatte. Er blätterte und staunte. Die mächtige Kuppel des Pantheon. Die Reste der Maxentius-Basilika auf dem Forum Romanum. Die Erzählungen auf dem Bildfries der Trajanssäule. Er musste unbedingt mit Bettina dorthin. Als er die Schätze des Vatikanischen Museums zu durchstöbern anfing und sich an der ebenso dramatischen wie formvollendeten Gestaltung der Laokoongruppe nicht satt sehen konnte, läutete es an der Eingangstür.

Beermann erhob sich, um zu öffnen – ahnungslos und mit seinen Gedanken ganz woanders. Im offenen Eingang stand ihm plötzlich eine Gestalt gegenüber, die sich mit beiden Händen am Türrahmen festkrallte. Aus aufgesperrten, unendlich staunenden Augen traf ihn ein leerer Blick. Und bevor Beermann zu einer verstörten Begrüßung ansetzen konnte, stöhnte der Mann entsetzlich auf und stürzte ihm ungebremst entgegen. Auf so einen Überfall nicht gefasst, wich Beermann einen Schritt zurück und fühlte, wie die Last des Körpers wuchtig gegen seine Brust schlug und an seinen Beinen hinab auf den Boden rutschte. Als er reglos vor seinen Füßen lag, war Beermann im ersten Augenblick zu benommen, um irgendeine Reaktion zu zeigen. Er starrte auf den hingestreckten Leib und registrierte, dass aus seinem Rücken der Schaft eines Messers ragte. Rundum hatte sich ein dunkelroter Fleck gebildet.

Jetzt ergriff Beermann ein panischer Schrecken. Er besah seine Handflächen, als sei wichtig zu prüfen, ob sie blutverschmiert waren. Er überstieg den liegenden Körper und schaute aufgeregt ins Freie, ob jemand in der Nähe war, den er herbeirufen konnte. Dann eilte er zurück, beugte sich über den anscheinend Toten, näherte sein Ohr dem aschgrauen Gesicht, das ihm zugewandt war, und stellte fest, dass der Mann noch lebte. Sein Atem rasselte leise, und Beermann meinte, ein paar hingehauchte Silben aufzuschnappen. Jetzt sprang er auf, stürmte in sein Amtszimmer, wählte den Notruf, stotterte etwas von einem mörderischen Vorfall und nannte die Adresse.

Zurück zum Verletzten, versuchte er dessen Körper in Seitenlage zu wenden und gleichzeitig auf ihn einzureden: ob er ihn hören könne; und dass er durchhalten müsse, weil ärztliche Hilfe sofort eintreffen werde. Eine Antwort erhielt er nicht. Unruhig erhob sich Beermann und schaute aus der Eingangstür, als könne er die Ankunft des Notarztes durch seine Ungeduld beschleunigen. Kein Mensch war zu sehen. Was sie sonst als Vorteil schätzten, dass nämlich der Zugang zum Pfarramt nur durch eine Passage von der Straße her zu erreichen war, erwies sich jetzt als empfindlicher Nachteil. Keine Menschenseele zeigte sich auf dem verschwiegenen Gelände zwischen Kirche und Pfarrhaus, und auf der Holzbank unter der malerischen Linde ruhte niemand aus.

Der Notarzt war schnell da und noch schneller mit seiner Diagnose fertig. »Exitus«, erklärte er mit einem Achselzucken.

Die Polizei traf die üblichen Vorkehrungen. Absperrung des Platzes vor der Pfarramtstür. Strikte Anweisungen, nichts zu berühren, am wenigsten den Erstochenen selber. Routinefragen, knappe Antworten.

Es dämmerte bereits, als die Kripo erschien. In Gestalt Parlers, der seit ihrer letzten Begegnung zum Hauptkommissar aufgestiegen war und sich ein Kugelbäuchlein zugelegt hatte, über dem ein farbig geringelter Pulli spannte. Assistiert wurde er von einer Polizistin, die eine großformatige Sonnenbrille wie ein Diadem über die Stirn hinaus ins schwarze Haar geschoben hatte und dem Pfarrer aus dunklen Augen neugierig entgegensah.

»Meine Assistentin Feray«, erklärte Parler, »das ist türkisch und bedeutet so viel wie ›Glanz des Mondes.‹« Es war ihm anzumerken, dass er den Namen sehr treffend fand und sich ein wenig vorkam, als dürfe er stolz auf eine persönliche Eroberung sein.

Beermann hatte momentan wenig Sinn und noch weniger Verwendung für derartige Gefühlslagen und bat, nachdem die beiden ihre ersten Untersuchungen an der Leiche beendet und deren Abtransport angeordnet hatten, zur Besprechung in sein Amtszimmer.

Parler musterte sein Gegenüber, das hinter dem Schreibtisch Platz genommen und den Gästen zwei Stühle davor angeboten hatte. Er konnte sich nicht verkneifen, erst einmal zu bemerken: »Eigenartig, wie das Leben so spielt, Herr Pfarrer. Hätte mir nie träumen lassen, dass wir nochmals zusammentreffen würden, um einem Mordfall auf die Spur zu kommen.«

Beermann nickte und trommelte mit den Fingern auf die Schreibtischplatte. »Nehmen Sie's nicht persönlich«, sagte er, »aber auf dieses Wiedersehen hätte ich gut verzichten können.«

Dagegen hatte Parler nichts einzuwenden und als er sich

anschickte, zur Sache zu kommen und mit Fragen loszulegen, packte seine Assistentin ihr Tablet aus der Tasche, um sich Notizen zu machen.

»Der Tote ist ja zweifellos erstochen worden«, begann Parler, »wissen Sie irgendwas über ihn?«

»Ja«, sagte Beermann, »ich kenne ihn.«

»Sieh mal an«, staunte Parler und blickte vielsagend zu seiner Assistentin hinüber. »Sie kannten ihn also. Name? Adresse?«

Beermann lehnte sich zurück und schaute an die Zimmerdecke. »Es war ein alter Studienfreund von mir, Thomas Wackernagel. Wir haben uns nicht oft gesehen, waren keine ›dicken Freunde‹, wie man so sagt, aber wir kamen wenigstens einmal jährlich zusammen beim Promotionstreffen. So nennt man bei uns die ›Klassentreffen‹ der Studienjahrgänge.«

»Und zuletzt sahen Sie ihn …«

»Vor ein paar Tagen. Vergangenen Freitag hatten wir unser Jahrestreffen in Bebenhausen.«

Ferays Finger huschten über ihr Gerät, und Parler hatte sichtlich Mühe, die Fragen, die in ihm aufquollen, in eine geordnete Reihenfolge zu bringen:

»Wackernagel war Theologe wie Sie?«

»Ja, natürlich, aber gescheiter als ich. Wissenschaftlich ambitionierter. Gemeindearbeit kam nie in Betracht für ihn, allenfalls Schule. Aber sein Herz schlug für die Forschung. Er hat über Norbert von Xanten promoviert, den Gründer des Prämonstratenserordens, und sich weiter in mittelalterlicher Kirchengeschichte spezialisiert. Nachvollziehen konnte ich das nie, aber bewundert habe ich ihn doch.«

»Haben Sie eine Ahnung oder einen Hinweis, wer ihn umgebracht haben könnte und weshalb?«

Beermann schüttelte den Kopf. »Wäre mir prophezeit worden, es müsse einer aus meinem Bekanntenkreis gewaltsam aus dem Leben scheiden – auf Wackernagel wäre ich am wenigsten gekommen.«

»Hatte er Familie?«

»Seine Frau Aisha und einen Sohn, der meiner Kenntnis nach als Entwicklungshelfer in Afrika unterwegs ist.«

»Aisha«, sinnierte Parler, »das klingt türkisch.«

»Es ist türkisch und arabisch«, schaltete sich die Assistentin ein, »ein beliebter Frauenname unter Muslimen.«

»Verstehe«, murmelte Parler, um nach kurzer Pause fortzufahren, »wir werden sie natürlich umgehend aufsuchen, wenn sie daheim anzutreffen ist. Wo ist sie daheim?«

Beermann nannte die Adresse in der Universitätsstadt. Eine Telefonnummer hatte er nicht zur Hand.

Parler erhob sich.

»Eine seltsame Geschichte«, meinte er. »Wer ermordet einen wissenschaftlichen Theologen? Und das ausgerechnet an der Eingangstür zu einem unbescholtenen Pfarrhaus?«

Die schöne Assistentin drehte sich beim Abschied noch einmal um und lächelte Beermann an: »Sagen Sie, dieser Norbert von Xanten, was für einen Orden hat er gegründet?«

»Den Prämonstratenserorden«, wiederholte der Pfarrer, »aber das ist lange her: 12. Jahrhundert.«

Feray nickte: »Die Sufiorden in Persien hatten ihre Blüte um dieselbe Zeit. Interessant, nicht wahr?«

Beermann ließ sich seine Überraschung nicht anmerken, grüßte flüchtig und schloss die Haustür hinter den beiden ab.

Die weit aufgerissenen Augen, in denen nichts anderes als kaltes Staunen lag, hielten Beermann gefangen. Er wusste, dass er sie so ähnlich schon einmal gesehen hatte, viele Jahre zurück, in der Zeit seines Studiums. Er hatte bis heute nie mehr daran gedacht und plötzlich tauchte alles wieder in seiner Erinnerung auf.

Wackernagel war schon im Stift ein Einzelgänger gewesen. Er hielt sich nicht an die gemeinsamen Pflichtzeiten und mied die freien Geselligkeiten. Am liebsten verschanzte er sich hinter Büchern und versteckte sich in abgelegenen Winkeln der Bibliothek. Enge Freunde hatte er nicht.

Trotzdem erfüllte ihn eine Leidenschaft, die nicht recht zu seiner sonstigen Art passen wollte. Er besaß eine alte BMW, an der es immer etwas zu putzen und zu schrauben gab, und brauste damit über Land, im Rausch der Geschwindigkeit und mit dem Kitzel des Risikos. Die Maschine hatte ihm ein Onkel abgetreten, der selber motorradbesessen, aber nun in die Jahre gekommen war, in denen er's mittlerweile vorzog, auf vier Rädern zu fahren.

Einmal geschah das Unerwartete. Beermann wurde eingeladen, eine Spritztour mitzumachen. Irgendwohin in den Schwarzwald. Auf Schutzhelme verzichtete man, die unsportlich und auch noch nicht verpflichtend waren. Man ließ die Haare durchkämmen vom Fahrtwind, erlaubte sich waghalsige Überholmanöver und streunte herum in den Gefilden der Freiheit. Wackernagel war bester Stimmung, jauchzte immer wieder vor Vergnügen, und Beermann wäre kaum überrascht gewesen, wenn er dazu die Hände vom Lenker genommen und sie hoch in die Luft geworfen hätte.

Ein Ziel war nicht vereinbart worden, aber sie landeten mittags am Titisee. Mehr oder weniger zufällig. Sie holten Laugenwecken beim Bäcker und schlenderten am Ufer entlang. Der Feldberg sei nicht weit, meinte Wackernagel, da müssten sie auf alle Fälle hinauf. Schwarzwald ohne Feldberg sei wie Hose ohne Knopf. Auf dem kleinen See, der seinen ganzen Reiz aus der bergigen Landschaft ringsum zieht, tummelten sich Boote aller Art: Tretboote, Ruderboote, ein paar Segler. Beermann schlug vor, ein Ruderboot zu mieten, hinauszufahren und die Beine über den Bootsrand ins Wasser baumeln zu lassen. Er übernahm auch die Rolle des Ruderers. Wackernagel ließ sich auf der schmalen Sitzbank für Begleitpersonen nieder.

Die Mitte des Sees war schnell erreicht. Kaum merklich schaukelte der Kahn im sanften Wellengang, sie machten Pause und dösten in der Mittagshitze. Endlich schlug Beermann vor, die Plätze zu tauschen. Wackernagel könne sich auch mal im Rudern versuchen, um nach der Motorradsause ein Gefühl für Entschleunigung zu gewinnen.

Wackernagel lachte und erklärte, mit dem Gleichgewicht auf seiner Maschine kenne er sich besser aus als mit der Balance in so einer Nussschale. Er stand auf, schwankte, ruderte vergeblich mit den Armen in der Luft herum und stürzte mit kurzem Schrei über den Bootsrand hinaus ins Wasser. Beermann lachte laut über die Komik der Szene und griff nach dem Ruder, um dem unfreiwillig Badenden entgegenzusteuern. Der war jedoch verschwunden, tauchte unverhofft hinter dem Kahn wieder auf, prustend und mit den Armen um sich schlagend, was Beermann vergnügte, weil er's für eine amüsante Slapstickeinlage hielt. Als Wackernagels Kopf und Arme aber erneut abgetaucht waren und nicht sofort wieder hochkamen, um ihm Fratzen zu schneiden und fröhlich zuzuwinken, wurde Beermann unruhig, ruderte im Kreis und spähte in die Tiefe. Wenn das nun gar keine Komödie war? Er überlegte fieberhaft, was er anstellen sollte: ob gleich hinterherspringen und nach dem Verunglückten tauchen oder mit dem Ruder herumstochern in der Hoffnung, Wackernagel könne sich daran festhalten und hinaufgezogen werden. Er versuchte Letzteres und hatte tatsächlich Erfolg damit. Der Abgetauchte bekam das Ruder zu fassen, und Beermann gelang es, ihn bis zum Bootsrand zu ziehen. Mit beiden Händen klammerte Wackernagel sich fest und schaute zu Beermann auf. Schaute mit diesen weit aufgerissenen Augen, in denen sich nichts als blankes Entsetzen spiegelte. Es waren genau dieselben Augen und derselbe Ausdruck, denen Beermann vorhin wieder begegnet war an seiner Pfarrhaustür.

Dass Wackernagel nicht schwimmen konnte, hatte Beermann bis dahin nicht gewusst. Den völlig erschöpften Mann ins Boot zu heben, war keine Kleinigkeit, und Beermann schaffte es nur unter Mithilfe anderer, die mit ihren Booten in der Nähe waren.

Während Wackernagel tropfnass auf seinem Bänkchen hockte und sich rechts und links an der Brüstung des Kahns festhielt, ruderte Beermann ans Ufer zurück. Wackernagel sah ihn dabei an und grinste: »Mensch, Beermann, ich bin ein Schaf, und du bist mein rettender Engel. Wenn ich wieder mal tief in der Patsche sitze, musst du mich wieder herausziehen! Versprochen?«

Beermann nickte.

Das war nun alles furchtbar lange her und hatte zwischen ihnen seitdem überhaupt keine Rolle gespielt. Aber die entsetzten Augen damals und vorhin waren genau dieselben gewesen.

Beermanns Vermutung erfüllte sich, Bettina kam tatsächlich spät nach Hause. Schon in der Wohnungstür ließ sie ihr heiteres »Grüß Gott, Alter« vernehmen und fügte ohne Unterbrechung an: »Tut mir leid, ich hab mich total verquasselt bei Evelyn. Die hat sich doch, verrückt, wie sie ist, nochmal wie ein Teenager verliebt und ist dabei, sich im Eiltempo zu verjüngen ... Aber wo steckst du denn? Schon im Bett?«

Die Schlafzimmertür wurde leise geöffnet und laut geschlossen, und dann erschien Bettina auf der Schwelle zum Wohnzimmer, wo Beermann, zusammengekauert in seinem Lesesessel, schweigend vor sich hinbrütete. Bettina schaltete die Deckenbeleuchtung an und wunderte sich: »Jetzt sag mal, Helmut, ist dir vielleicht übel oder meditierst du die Losung von heute?«

»Ein bisschen übel ist mir schon«, gab Beermann kläglich zur Antwort.

»Hast du was Falsches gegessen oder ...«, forschte Bettina, wurde aber unterbrochen.

»Es ist wegen Wackernagel. Er kam zu Besuch am frühen Abend und ist jetzt ein toter Mann.«

»Waas?«, stieß Bettina gedehnt hervor. »Tot? Wieso tot? Hier bei uns?«

Beermann richtete sich auf in seinem Sessel, dessen Bequemlichkeit er besonders an langen Winterabenden über alles schätzte, und skizzierte für seine Frau in groben Zügen, was passiert war. Sie hätte ihn mit tausend Fragen traktieren mögen, merkte aber, dass jetzt nicht der Zeitpunkt dafür war. Mein Gott, Wackernagel! Sie hatte ihn bloß hin und wieder einmal gesehen und keinen nachhaltigen Eindruck von ihm gewonnen. Charmant zu sein, war bestimmt nicht seine starke Seite. Aber irgendwie sympathisch war er doch. Ohne Aufdringlichkeit, auch ohne die Allüren eines egomanen Dozenten, der sich aus seiner gesamten Umgebung geistig herausgehoben fühlt und dies auch jedermann spüren lässt. Wackernagel war eher bescheiden, zurückhaltend sowieso, ein Bücherwurm und Forschungssklave, er lebte für die Wissenschaft.

Aus dem Glasschrank holte Bettina zwei Gläser und die angebrochene Rotweinflasche vom vergangenen Abend. Sie berührte ihren Mann sanft an der Schulter und schlug vor, noch ein wenig im Garten Platz zu nehmen. Die Luft sei lau wie an einem Sommerabend. Beermann war einverstanden. Er wäre mit allem einverstanden gewesen, was Bettina jetzt angeregt hätte, um ihn aus seinem Schockzustand abzuholen.

Draußen ließen sie sich in ihre Liegestühle sinken und schauten auf zu den Sternen. Viele vermochte man nicht zu entdecken bei der Helligkeitsglocke, die über der ganzen

Stadt hing. Den Abendstern, ja. Zur Not noch den Großen Wagen und die Kassiopeia. Am deutlichsten waren die Lichter, die sich zügig voran bewegten: ferne Flieger, die ihre festgelegten Routen nahmen und den Betrachter enttäuschten, der sie für einen Stern gehalten hatte.

Nach dem zweiten Glas Trollinger löste sich Beermanns Zunge: »Ob er wirklich mein Freund gewesen ist, weiß ich nicht mal«, begann er zögernd. »Aber was macht ihn aus – einen Freund? Gleiche Interessen, ähnliche Temperamente? Oder das Empfinden, dass da eine Ergänzung vorliegt zu einem selber? Wenn ich drüber nachdenke, war Wackernagel mir nicht so übermäßig nah. Ich konnte gut ohne ihn existieren. Aber da waren die gemeinsamen Jahre des Studiums, die eine beträchtliche Bindekraft entwickeln können. Und ich erinnere mich gern an die zwei auswärtigen Semester, die wir in Bonn verbrachten. Schon auch im Kolleg und im Theologischen Seminar, aber eifriger beim Wandern und Flirten im Siebengebirge und bei Exkursionen nach Köln. ›Das Schönste an Bonn sind die romanischen Kirchen in Köln‹, sagte er immer. Die Kölner selbst hätten keine Ahnung von den Schätzen in ihrer Nähe. Die verehrten bloß den Dom in ihrer lauten Karnevalsbegeisterung und verschmähten die stillen Kulturstätten des hohen Mittelalters. Sankt Maria im Kapitol zum Beispiel, dieses Juwel romanischer Baukunst, wofür man den ganzen protzigen Dom auseinandernehmen und in Containern nach Chicago verfrachten könne, seinetwegen.«

Beermann hielt inne und fuhr sich mit beiden Händen durchs Haar. »Er war oft still, aber langweilig war er nie«, setzte er noch einmal an. »Sogar eine eigene Art von

Leidenschaft würde ich ihm bescheinigen. Für ein Kunstwerk, das ihn faszinierte, hätte er im Zweifelsfall gekämpft wie ein Löwe. Für irgendetwas Altertümliches, dem er Bedeutung beimaß, nicht weniger.«

Bettina horchte auf: »Ja, Leidenschaft kann gefährlich werden mitunter. Man gerät mit ihr leicht in Zonen, wo's brenzlig wird, und hat überhaupt keine Antennen dafür.«

Schweigen. Beermann nippte an seinem Weinglas. »Da war noch etwas, das ich leider vergessen habe, dem Hauptkommissar mitzuteilen. Eine Kleinigkeit, aber vielleicht von Gewicht. Als Wackernagel in der Eingangstür vor mir auf dem Boden lag, dachte ich, er sei tot. Als ich mich aber hinunterbeugte zu ihm und auf seinen Atem horchte, röchelte er leise, und ich meine, es waren Worte dabei. Oder Bruchteile davon. Das klang nach ›Nie Abs~on‹ oder ›Wie Abs~on‹. Deutlich gesprochen war's natürlich nicht, und ich war in dem Augenblick auch nicht konzentriert genug, genau hinzuhören oder nachzufragen.«

»Klar. Aber dann ist nicht viel anzufangen mit dem aufgeschnappten Bruchstück. Was gibt einer von sich, der ein Messer im Rücken und den Tod vor Augen hat?«

»Es wird ja behauptet, Sterbende versammelten noch einmal ihr ganzes Leben in äußerster Verdichtung. Das ziehe an ihrem inneren Auge vorbei wie ein rasend abgespulter Film. Ich weiß nicht, ob man das allgemein sagen kann und ob's überhaupt stimmt.«

»Und wenn dann noch ein Wort oder ein Satzfetzen gesprochen wird, kann das irgendeinen Moment oder irgendeine Szene des vergangenen Lebens betreffen.«

»Vielleicht, weiß ich nicht. Das, was ich hörte oder

gehört zu haben meine, könnte dazu passen. Bei dem ›Abs~on‹ gibt es bestimmt einen Wortbestandteil, den Wackernagel nicht gesprochen hat oder den ich nicht mitbekommen habe. Eine nahe liegende Ergänzung könnte auf ›Absolution‹ hinauslaufen. Diese Entlastung, die sich religiöse Menschen vor ihrem Ende wünschen. Die katholische Kirche hat ein Sakrament daraus gemacht. Die Bitte um Absolution stünde dann bei Wackernagel im Zusammenhang seines plötzlichen und endgültigen Lebensrückblicks oder auch bestimmter Abschnitte aus seiner Biographie.«

»Und wenn du richtig gehört hast bei dem vorangehenden ›Nie‹?«

»Kann ich mir auch nicht erklären. Gesetzt den Fall, ich läge richtig bei der Wortergänzung ›Absolution‹, bliebe sogar offen, ob er damit sich selber oder jemand anderen gemeint hat. Zum Beispiel den Täter. Ohne Beiwort könnte der Begriff ›Absolution‹ darauf hindeuten, dass der sterbende Wackernagel seinem Mörder zu vergeben bereit war. Ähnlich wie der gepeinigte Jesus seinen Vater im Himmel bat, den Henkern zu vergeben, die nicht wussten, was sie taten. Aber das passt nicht zu Wackernagel. Und obendrein: Wenn das Beiwort ›Nie‹ vor ›Absolution‹ zutreffend ist, kann es nicht um Absolution, sondern höchstens um deren strikte Verweigerung gegangen sein.«

»Viel Nebel, Helmut. Du siehst nicht klarer, wenn du tüchtig herumstocherst darin. Und am Ende weißt du nicht mal, ob du richtig gehört hast. ›Absolution‹ wäre eine Möglichkeit. Neben wie vielen anderen?«

Beermann knetete seine Finger, dass sie in den Gelenken

knackten. Eine Angewohnheit, zu der er in Zeiten hoher Anspannung neigte. Bettina hasste das Geräusch und pflegte ihn zurechtzuweisen. Jetzt verzichtete sie darauf. Also erklärte sie, dass sie völlig am Ende sei und dringend ins Bett müsse. Auch wenn sich beide den Rest der Nacht um die Ohren schlügen, würde Wackernagel nicht lebendig davon.

Beermann blieb zurück. Seine Augen wanderten über den nächtlichen Himmel, und seine Gedanken umkreisten Wackernagels Schicksal. Er ärgerte sich, dass er versäumt hatte, in Bebenhausen nachzufragen, warum der Kollege seinen Besuch angekündigt hatte. Vielleicht hätte er ja Auskunft gegeben oder wenigstens einen Hinweis geliefert. Ganz bestimmt wollte er nicht bloß einen Freundschaftsbesuch machen und um Fachfragen zu diskutieren, hatte er sich immer andere Partner gesucht.

Plötzlich schreckte Beermann aus seinem Liegestuhl hoch. Er war wohl eingenickt und mochte eine halbe Stunde gelegen haben, als ein Geräusch in der Nähe ihn aus dem Schlummer riss. Er saß auf und horchte. Es war wie der Fußtritt gegen eine Blechplatte gewesen, hinter den Büschen, die das Gartenstück gegen den Garagenanbau abgrenzten, beim Stellplatz für die Mülltonnen. Trieb sich da jemand herum und lauerte auf eine Gelegenheit, ins Haus einzudringen? Womöglich der Täter mit dem Messer, der nach Wackernagels Ermordung noch nicht genug hatte? Beermann überfiel die Vorstellung, dass er selber in Gefahr sein könnte, als vermeintlicher Komplize des Erstochenen. Niemand konnte einschätzen, was für ein Verrückter da unterwegs war, der keine Hemmungen kannte, sein Ziel zu erreichen.

Ein Blick auf die Uhr versicherte Beermann, dass es nach Mitternacht war. Die Luft hatte sich empfindlich abgekühlt, und er fröstelte in dem leichten Pullover, den er am Abend übergestreift hatte. Sollte er aufstehen und bei den Tonnen nachschauen? Er horchte weiter und hoffte, kein verdächtiges Geräusch mehr zu vernehmen. Vielleicht hatte es ja auch vorhin gar keines gegeben. Weil es sich bloß um eine Sinnestäuschung handelte, die ihm der Halbschlaf mit einem Traumfetzen eingebrockt hatte. Beermann beschloss, noch ein paar Minuten zu warten und Augen und Ohren offen zu halten.

Eigentlich müsste jetzt das Käuzchen rufen von der Tanne auf dem Nachbargrundstück, dachte Beermann. In Filmen rief immer das Käuzchen, wenn's stockdunkel war und unheimlich werden sollte, weil irgendein Strolch im Unwegsamen herumschlich. Das Käuzchen vom Dienst. Es war immer dasselbe und klang immer gleich. Jemand musste mal eine Bandaufnahme erstellt und in zahllosen Kopien bei den Filmemachern verhökert haben.

Aber das Käuzchen klagte nicht. Auch bei den Mülltonnen hinter der Garage blieb alles still. Nur ein wilder Zweiradfahrer ließ seinen Motor aufheulen, um im Schutz der Dunkelheit alle Verkehrsregeln zu missachten.

Beermann hatte Verlangen nach seinem Bett, dem sicheren Haus, den verriegelten Türen und Bettinas Wärme. Und es war eine Kleinigkeit, diesem Verlangen nachzugeben.

Wackernagels Telefonnummer ausfindig zu machen, war kein Problem. Aber es meldete sich keiner. Auch nicht nach mehrmaligen Versuchen. Seine Frau schien verreist und auf ihrer Reise nicht erreichbar zu sein. Den Schock über den Tod ihres Mannes hatte sie demnach noch vor sich.

Stattdessen erreichte Beermann den Hauptkommissar, dem er einen Kurzbericht über Wackernagels letzte Mitteilung nachreichen wollte. Er kam aber gar nicht zu Wort, weil Parler sofort loslegte: »Gedankenübertragung! Ich wollte Sie auch gerade anrufen, Herr Pfarrer, haben Sie ein bisschen Zeit? Ich möchte Ihnen was zeigen.«

»Was zeigen? Wo?«

»Hier im Präsidium. Es ist wichtig. Und überraschend, das verspreche ich Ihnen.«

Sie vereinbarten einen Termin kurz vor Mittag.

Beermann radelte durch die Stadt, stellte sein Fahrrad neben dem Eingang zum Präsidium ab, klemmte den Helm unter seinen linken Arm und machte sich auf die Suche nach Parlers Büro.

Er wurde bereits erwartet. Von Parler und seiner Assistentin. Ihm wurde ein Sitzplatz angeboten, und nun saß er so, dass er nicht umhinkonnte, Ferays übereinandergeschlagene Beine zu betrachten. Er wusste, dass es unfein war, zumal in seiner Rolle als sogenannter Geistlicher (eine Titulatur übrigens, die ihn immer befremdet hatte); aber er fühlte seine Augen wie unter magischem Einfluss dorthin gelenkt, wo sie eigentlich nicht hingehörten. Was ihm bei ihrer ersten Begegnung bereits gedämmert hatte, bestätigte sich jetzt: Feray war eine attraktive Frau und sie wusste es.

Parler hatte sich entschuldigt und das Zimmer für einen Augenblick verlassen, und Beermann entdeckte in sich eine plötzliche Unsicherheit, die ihn an Tanzstundenzeiten erinnerte und seinen Rachen pelzig belegte. Feray enthob ihn jedoch irgendwelcher alberner Äußerungen, indem sie auf den Fall zu sprechen kam und meinte, sie stünden vor einem Berg von Ungereimtheiten und würden hoffentlich in guter Zusammenarbeit Stück für Stück davon abtragen. Das hoffe er auch, sagte Beermann und war froh, dass Parler zurückkehrte und einen in Tuch gewickelten Gegenstand auf dem Tisch ablegte.

»Die Tatwaffe.«

Beermann war nicht sonderlich gespannt, weil zu erwarten war, dass die Experten das Ding längst auf Fingerabdrücke untersucht hatten. Seine eigenen würde man nicht darauf finden, und wenn es andere gab, war kaum anzunehmen, dass sie schon ernsthafte Hinweise auf einen mutmaßlichen Täter liefern konnten.

Mit der Sorgfalt einer Krankenschwester wickelte Parler das Umschlagtuch wie einen Wundverband von der Tatwaffe, breitete das Tuch auf dem Tisch aus und legte den Gegenstand darauf, als wäre er aus zerbrechlichem Glas. Aber die Klinge war nicht aus Glas und auch nicht aus Stahl, sondern leicht erkennbar aus einer matt schimmernden, stellenweise dunkel verfärbten Bronze.

Beermann schaute verdutzt zu Parler empor, der aufrecht am Tisch stand und seinen Überraschungserfolg zu genießen schien.

»Was sagen Sie dazu, Herr Pfarrer?«

»Naja«, meinte Beermann, »ich hab natürlich bloß den

Griff gesehen – und das flüchtig. War ja nicht der Augenblick, mich näher mit der Beschaffenheit dieses Mordwerkzeugs zu befassen.«

»Klar. Aber Sie dachten, es handle sich um ein gewöhnliches Messer. Und ich dachte es auch.«

»Dabei ist's ein Dolch. Mit scharfer Klinge auf beiden Seiten.«

»Allerdings! Und was das wirklich Verrückte ist, dieser Bronzedolch ist alt, sogar uralt. So was verwahrt keiner in seinem Werkzeugkasten oder sonst wo in Garage und Keller. So was gehört ins Museum. Und wenn es nicht in einem Museum diebstahlsicher im Lager oder alarmgeschützt in einer Ausstellungsvitrine liegt, dann lautet die erste Frage: Warum nicht? Und weiter: Wie mag es wohl in die Hand eines Täters gelangt sein, der es anschließend einem theologischen Spezialisten für Kirchengeschichte zwischen die Rippen gerammt hat?«

Parler sah streng auf den vor ihm sitzenden Pfarrer herunter, als sei von ihm eine aufklärende Antwort zu erwarten. Aber der schaute nur ratlos zurück und zuckte die Achseln.

»Inzwischen habe ich mich ein bisschen schlauer gemacht«, fuhr Parler fort, indem er die Klinge des Dolchs mit seinen Fingern betastete. »Ich hatte heut früh einen Archäologen hergebeten zur Begutachtung der Tatwaffe. Der war nach kurzer Prüfung völlig aus dem Häuschen. Wir konnten den Griff von seinem schwarzen, ursprünglich natürlich nicht dorthin gehörenden Klebeband befreien, weil die Untersuchung auf Fingerabdrücke abgeschlossen war. Und da zeigte sich nun ein leicht geschwungener Bronzerahmen, der früher wohl mal mit kostbaren Einlegearbeiten, vermutlich Elfenbein, ausgefüllt war. Die Art dieses Griffes, das Alter des Materials und die Form der Klinge ließen den Archäologen vermuten, dass es sich um ein Objekt aus dem syrisch-mesopotamischen Kulturraum handeln dürfte. In Mari am Euphrat habe man dergleichen bei der Freilegung herrschaftlicher Gräber entdeckt, ebenso nicht weit von der Mittelmeerküste entfernt in Ugarit – so hieß die Grabungsstelle, glaube ich. Genaueres konnte er bei seiner ersten Untersuchung nicht sagen, aber eine Entstehungszeit um 1300 v.Chr. sei durchaus in Betracht zu ziehen. Dann sei der Gegenstand aber von beträchtlichem Wert, und es bedeute nicht weniger als eine Sensation, ihn heute mitten in unserer Stadt als Mordwaffe verwendet zu finden.«

Parler wartete ab, wie Beermann reagieren würde, aber der gab keinen Laut von sich. Nach Augenblicken des Schweigens setzte Parler neu an und sagte, er sei ziemlich neugierig zu erfahren, was neulich bei ihrem ›Klassentreffen‹ in Bebenhausen passiert sei. Wie der Ermordete sich da gegeben habe. Und ob der Pfarrer eine Ahnung habe, zu welchem Zweck ihn Wackernagel in seiner Wohnung aufsuchen wollte.

Beermann atmete durch und erzählte: Sie hätten, ihrem Usus gemäß, die Zusammenkunft am vergangenen Freitag mit einem gemeinsamen Mittagessen im Gasthaus begonnen und eine Verdauungszeit angeschlossen. Die einen hätten einen Rundgang durchs Kloster gemacht, andere einen Spaziergang im nahen Schönbuch vorgezogen. Zur Kaffeestunde habe man sich wieder im Gasthaus eingefunden und – wie üblich – über ein allgemein interessierendes Thema palavert. Das laufe immer so ab, dass einer von ihnen ein Eingangsvotum von zehn bis fünfzehn Minuten biete und ein zweiter einen kurzen, mehr oder weniger kritischen Kommentar dazu liefere. Meist habe das alles einen recht freundlichen und harmlosen Charakter und man vermeide es, einander auf die Füße zu treten oder allzu kontroverse Debatten anzuzetteln.

»Und diesmal?«, lauerte Parler.

Je nun, räumte Beermann ein, ein bisschen heftiger sei's schon zugegangen als sonst, aber nicht wirklich aufregend oder sogar feindselig.

Parler war hungrig auf mehr.

Es habe sich um die Fragen einer Inkulturation von Zugewanderten gedreht, erklärte Beermann. Der Direktor eines evangelischen Gymnasiums, Langenscheidt mit Namen, habe eingangs die These vertreten, die Aufgabe einer kulturellen Eingliederung von Fremden sei nicht allein eine Frage der Quantität. Klare Minderheiten ließen sich in einem großen Gemeinwesen wie der Bundesrepublik gewiss eingliedern, mit geeigneten Maßnahmen und mit ein bisschen gutem Willen. Aber dann gebe es auch den Punkt, an dem bei rascher und ständiger Zuwanderung eine ehemalige Minorität aufhöre, tatsächlich Minorität zu bleiben. Dann verschöben sich die Größenverhältnisse und mit ihnen die Koordinaten fürs gemeinsame Leben. In diesem Fall spiele sich eben nicht mehr kulturelle Integration ab, sondern kulturelle Transformation.

»Mich interessiert Wackernagel«, warf der Hauptkommissar ein wenig ungeduldig ein.

»Mich auch«, entgegnete Beermann prompt, »es war nämlich Thomas Wackernagel, der auf die Meinungsäußerungen des Gymnasialdirektors als erster reagierte. Er tat das sachlich und ohne Anzeichen von Erregung. Der springende Punkt, meinte er, sei doch wohl, ob man gegenwärtig immer noch national-kulturell denke oder sich allmählich dazu bequeme, eher eine global-kulturelle Einstellung zu gewinnen. Das Christentum, wie er's verstehe und vertrete, sei jedenfalls von Hause aus eine geistige Bewegung über alle Grenzen hinweg gewesen – hier ist nicht Jude noch Heide, nicht Mann oder Frau, und er wünsche sich, dass Christen diesen Urimpuls ihres Glaubens wieder kräftiger in die Welt setzten, statt ihn mit aller Macht abzuwürgen. Wer Ja zur Kultur sage, der müsse auch Amen zu deren Wandel sagen. Denn Kultur sei überhaupt nichts anderes als Menschenwelt im Gestaltungswandel.«

Parler kratzte sich am Kopf und fragte nach, ob es für seine augenblickliche Interessenlage zwingend sei, den ganzen Diskussionsgang zu verfolgen. Ihm sei lediglich wichtig zu erfahren, ob Beermann Auffälliges bei Wackernagel wahrgenommen habe.

Ein wenig indigniert verwies Beermann darauf, dass er bemüht sei, Parlers Wunsch entsprechend von ihrem Treffen zu berichten. Was davon relevant sei für die Ermittlungen im Mordfall und was nicht, könne er nicht im Voraus entscheiden. Oder wolle der Herr Hauptkommissar bloß seine persönliche Meinung hören und nicht den Ablauf des Geschehens insgesamt?

Mit weiblichem Gespür für knisternde Stimmungen schaltete Feray sich ein und bedankte sich beim Pfarrer für den bisherigen Bericht. Um gleich die Frage anzufügen, ob die erwähnte Stellungnahme denn charakteristisch gewesen sei für Wackernagel beziehungsweise, ob er auch sonst zu derartigen Voten im Kreis der Kollegen geneigt habe.

Mit einem Anflug von Bewunderung dachte Beermann: Sie ist nicht bloß schön, sondern auch gescheit. Auf ihre Frage erwiderte er: »Nein, Wackernagel verhielt sich sonst eher zurückhaltend in unserem Kreis. Er galt ja auch als Bücherwurm, der sich mit Vorliebe bei alten Schwarten und unleserlichen Quellentexten über mittelalterliches Zeug aufhielt. Und der zeigte sich nun auf einmal engagiert beim Thema ›kulturelle Integration‹. Das war schon auffällig. Ich brachte es in Zusammenhang mit seiner Frau Aisha, die ja eine Muslima ist. Übrigens eine ziemlich überzeugte, meinem Eindruck nach. Er selber ging so gut wie nie in die Kirche, aber sie besuchte regelmäßig die Moschee.«

»Und wie vertrug sich beides in ihrer Ehe?«, wollte Parler wissen.

»Weiß ich nicht. Um das beurteilen zu können, fehlt mir die persönliche Nähe zu beiden. Letzten Freitag war's jedenfalls so, dass Wackernagel sich nach seiner Entgegnung auf den Direktor aus der Debatte ausklinkte und stumm in seiner Ecke saß. Nicht teilnahmslos, aber unwillig, sich weiter einzubringen. Mir kam er fast ein wenig grimmig vor in seiner Verschlossenheit. Nur an einer Stelle schien er aufspringen und sich zu Wort melden zu wollen, zwang sich dann aber, sitzen zu bleiben.«

»An welcher Stelle?«

»Als es um die Brutalität der Kämpfer vom ›Islamischen Staat‹ ging, insbesondere ihre planmäßige Zerstörung antiker Kulturstätten im Irak und in Syrien.«

Parler nickte und sah Beermann fragend an: »Das war dann alles in Bebenhausen?«

»Nicht ganz. Als wir uns verabschiedeten, fasste Wackernagel mich am Arm und sagte: ›Helmut, ich komme bei dir vorbei in den nächsten Tagen.‹«

Wackernagels Bestattung musste auf unbestimmte Zeit verschoben werden, weil seine Frau Aisha nicht aufzutreiben war.

Parler hatte eine Wohnungsdurchsuchung erwirkt, aber es war nichts entdeckt worden, was mehr Licht in die Mordsache hätte bringen können. Auch Beermanns Mitteilung an den Hauptkommissar über die kryptische Äußerung des sterbenden Wackernagel brachte keinen Fortschritt.

»Wenn Sie nicht mal sicher sind, ob Sie richtig gehört haben, können wir's vergessen«, meinte Parler.

Schließlich hatte sich auch eine polizeiliche Anfrage bei den archäologischen Museen der Republik und des benachbarten Auslands als Schlag ins Wasser erwiesen. Nirgendwo wurde ein antiker Bronzedolch als gestohlen gemeldet oder vermisst.

Man trat auf der Stelle.

Freitagabend saß Beermann nach abgeschlossener Predigtvorbereitung am Esstisch und öffnete eine Flasche Trollinger. Seit langem hatte er sich's zur Regel gemacht, die Sonntagspredigt am Freitag fertig zu stellen und anschließend das erledigte Werk ein wenig zu feiern. Nach der Tagesschau würde er sich einen seichten Familienfilm gönnen, bei dem er die Beine hochlegen und sein Hirn ausknipsen konnte.

Bettina erzählte von ihrem Nachmittag im Arbeitskreis Asyl und verstummte, als ihr Beermanns geistige Abwesenheit auffiel.

Herausgerissen wurde er aus seinem Dämmerzustand, als das Telefon im Korridor läutete. Er stapfte hin und hob ab. Erst sagte er nichts, dann: »Ja … Wieso? … Ach … geht … wieviel Uhr? … kenn ich«. Er legte auf und blieb wie angewurzelt vor dem Apparat stehen. Bettina kam das merkwürdig vor, so dass sie ihm aus dem Esszimmer zurief: »Sag mal, Helmut, bist du jetzt schon im Stehen eingeschlafen?«

Beermann trottete zurück und setzte sich auf seinen Platz. Er schüttelte den Kopf: »Was denkst du nur, das war Aisha Wackernagel. War ziemlich aufgeregt und redete schnell und ohne Pause wie ein Wasserfall.«

»Was wollte sie denn?«

»Sie will mich treffen. Aber nicht hier. Auch nicht in ihrer Wohnung.«

»Sondern?«

»In Blaubeuren. Dort bei der Hammerschmiede, gleich am kleinen See, dem sogenannten Blautopf.«

»Um dann überraschend wie die schöne Lau aus den Tiefen des Sees aufzusteigen, Verwirrung zu stiften und wieder abzutauchen in ihr Geheimnis?«, grinste Bettina.

»Ich finde das nicht witzig«, knurrte Beermann, »sie wirkte gehetzt, wirklich atemlos. Über ihren Mann wollte sie gar nichts hören oder sagen, ich bin aber sicher, dass sie von seiner Ermordung weiß.«

»Wann will sie dich treffen?«

»Morgen.«

»Willst du nicht Parler informieren?«

»Eigentlich schon. Aber sie hat mich beschworen, auf keinen Fall die Polizei zu verständigen.«

Samstag früh holte Beermann seinen betagten Wagen aus der Garage und machte sich auf den Weg nach Blaubeuren. Die Autobahn mied er, weil immer mit Staus zu rechnen war beim Albaufstieg und die weitere Strecke nach Ulm hinüber. Ausgedehnte Baustellen wegen der neuen ICE-Trasse taten ein Übriges. Da war es angenehmer und vor allem abwechslungsreicher, die Landstraße zu wählen.

Als er aus der Stadt heraus war und auf die Alb zusteuerte, bescherte ihm der Morgen berauschende Bilder des Herbstes. Über Wiesen schwammen letzte Nebelschleier, die von der steigenden Sonne allmählich aufgeleckt wurden. Herbstzeitlose in ihrem zarten Lila besprenkelten die grünen Flächen, und Greifvögel kreisten gelassen darüber, um sich noch ein paar fette Happen vor den kargen Winterwochen einzuverleiben. Der Wald glühte in reichen Farben, und Beermann dachte, dass es die herbstliche Alb mit dem kanadischen Indian Summer durchaus aufnehmen könne. In den Dörfern fegten eifrige Bauersfrauen die Straßen, und ihre Männer zogen Leiterwagen mit Fallobst zur Kelter oder schleppten mit Fuhrwerken den Stallmist der Woche auf die Felder. Warum sind es solche Bilder, überlegte Beermann, die sofort ein Gefühl von Heimat aufkommen lassen, auch wenn du nie in einem Kuhdorf gewohnt hast? Die Stadt mit ihrer engen Bebauung und mit dem Verkehrslärm eignet sich trotz malerischer Plätze und gepflegter Parkanlagen viel weniger dazu. Das Wort von der Idylle erklärt auch nicht den Reiz, der von Herbstimpressionen auf dem Land ausgehen kann. Vielleicht ist es die unmittelbare und plastische Veranschaulichung einer Jahreszeit im Übergang. Die Berührung mit Zeitfluss und Vergehen. Und das Erstaunen darüber, dass gerade die Vorzeichen des Endlichen und des Sterbens zur vollkommenen Darstellung des Schönen geraten können.

Beermann rollte ins Donautal hinab, wo der Straßenverkehr und die Fabrikanlagen zunahmen. Beinah fand er's schade, in Kürze am Ziel seiner Autofahrt zu sein. Er bog ab zur Ortsmitte von Blaubeuren und parkte nahe dem Kloster. Der Weg hinüber zum Blautopf und zur Hammerschmiede war kurz und führte durch Bauerngärten, die mit Astern und Dahlien üppig bestückt waren. ›Ob Aisha schon am Treffpunkt ist?‹, fragte er sich. Er hatte überhaupt kein Konzept, wie er die Begegnung steuern und wohin er das Gespräch führen sollte. Natürlich auch keine Ahnung, was genau Wackernagels Frau auf dem Herzen haben mochte und weshalb sie das Treffen mit ihm so dringend machte. Am Telefon hatte sie kein Wort darüber verloren und rasch aufgelegt.

Bei der Schmiede musste Beermann feststellen, dass er zu früh eingetroffen war. Aisha Wackernagel war nicht zu sehen. Er ging ein paar Schritte hin und her, setzte sich auf eine Bank, die von der Sonne beschienen war, und schaute über den See. Ein winziger See in den Maßen seiner Oberfläche, aber abgrundtief hinabreichend in ein verzweigtes Höhlensystem, das noch immer nicht völlig erforscht war. Beermann wunderte sich, dass es Menschen gab, die sich ohne Not in Lebensgefahr begaben und mit Taucheranzug und Atemgeräten das unterirdische Labyrinth durchstreiften.

Weil die verabredete Zeit überschritten und Aisha noch immer nicht erschienen war, verließ Beermann seine Sitzbank und begann den Blautopf mit gemessenen Schritten zu umrunden. Der Blauton des Wassers leuchtete geheimnisvoll. Wo der angrenzende Steilhang eine Barriere bildete, wurde es kräftiger, beinahe schwarzblau, um sich zur Hammerschmiede hinüber aufzuhellen. Die Oberfläche war glatt wie ein Spiegel und belegt mit etlichen Buchenblättern, die von den Bäumen heruntergefallen waren und farbige Tupfer auf der blauen Decke bildeten.

Wer käme an diesem idyllischen Platz auf den Gedanken, dass es Verbrechen gibt in der Welt, dachte Beermann. Dass sich Mönche hier ansiedelten, weil für Stille und Einkehr die besten Voraussetzungen bestanden, lag auf der Hand. Verbrechen waren stupide, hirnlose Hervorbringungen einer anderen Wirklichkeit. Aber diese andere Wirklichkeit unterließ es trotzdem nicht, mit weit ausgereckten Fühlern bis in so eine Oase der Beschaulichkeit hineinzutasten. Aisha Wackernagel wollte ihn hier treffen. Wieso gerade an diesem Platz? Und was sollte er – sicher nicht an erfreulichen Dingen – von ihr erfahren? Und was nachher selber tun?

Als er über eine halbe Stunde vergeblich gewartet hatte, verdichtete sich die Vermutung, dass er die ganze Reise umsonst angetreten hatte. Aisha würde nicht mehr kommen. Irgendetwas musste passiert sein. Dass sie ihr Treffen mutwillig oder aus Gedankenlosigkeit hatte platzen lassen, war ausgeschlossen. Ihr Drängen am Telefon war keine Theaternummer gewesen, sondern der Ausdruck eines zutiefst bedrängten Herzens. Da war Beermann sich sicher. Aisha Wackernagel war in Not und dass sie jetzt ihre Verabredung nicht einhielt, war ein deutlicher Hinweis darauf, wie groß ihre Not und wie berechtigt ihre Angst war. Beermann fand, dass es unverantwortlich war, die Polizei noch länger aus dem Spiel zu lassen. Und wiederum – was war, wenn er gegen ihre ausdrückliche Bitte Parler in Kenntnis setzte und dadurch ihre akute Gefährdung erhöhte? Wenn Bluthunde hinter ihr her waren, die schon mit dem Mord an Wackernagel zu tun hatten, würden die kaum zur Zimperlichkeit neigen.

Beermann drehte noch eine Runde um den Blautopf, dessen Schönheit auf ihn plötzlich überhaupt keinen Eindruck mehr machte. Er verharrte einen Augenblick neben der Schmiede, versenkte beide Hände in den Hosentaschen und schlurfte zum Parkplatz zurück.

Kaum hatte er daheim den Wagen in die Garage gelenkt und war ausgestiegen, stand Bettina vor dem offenen Tor. Richtig aufgebaut wartete sie da. Beide Hände in die Hüften gestemmt und mit einem Blick, der nichts Gutes verhieß.

»Was ist?«, fragte Beermann unschuldig. Er hatte keine Eile, seiner Frau näher zu treten und kroch halb zurück ins Wageninnere, als suche er nach vergessenen Gegenständen.

»Was los ist?«, giftete Bettina inzwischen. »Ich will's dir sagen: Der Polizeistaat ist los, wieder mal. Willkür und Dreistigkeit von Beamten, die du früher auch schon mal

›Bullen‹ genannt hast. Die denken nicht mit dem Kopf, die rammen bloß damit!«

Olala, dachte Beermann, dicke Luft!

»Also werd' schon konkreter«, bat er, »und wenn's geht, dann lass mich erst mal ankommen. War nämlich frustrierend in Blaubeuren.«

Bettina ließ nicht erkennen, dass sie am Ergebnis seiner Ausfahrt irgendein Interesse haben könnte. »Stell dir vor«, sagte sie, »Parler war hier.«

»Ja, und?«

»Er war aber nicht wegen dir oder wegen Wackernagel hier, sondern wegen Tariq.«

»Wegen Tariq?«

»Er hatte sich in den Kopf gesetzt, partout diesen lammfrommen Tariq zu vernehmen, und ich merkte es erst, als er schon ins Souterrain des Gemeindehauses eingedrungen war.«

»Mal langsam. Er wusste also, dass Tariqs Familie dort unten einquartiert ist. Hat er gesagt, weshalb er den Besuch machte?«

»Besuch ist gut, mein Lieber. Eine furztrockene Vernehmung war das. Ein Überfall. Und so, wie's die Herren Schnüffler lieben: ohne ein Wort der Erklärung oder gar der Entschuldigung. Es war trotzdem nicht schwer, eins und eins zusammenzuzählen. Tariq ist Iraker. Der alte Bronzedolch dürfte aus dem Irak stammen. Ergo muss Tariq was mit dem Dolch zu tun haben. Kriminalpolizeilicher Syllogismus.«

Bettina schäumte und war nicht zu beruhigen. Man hatte ihren Schutzbefohlenen angegriffen, anscheinend grundlos, und sie war nicht in der Lage gewesen, es zu verhindern.

Tariq und seine Familie, eine Frau und zwei Kinder, hatte sie vor ein paar Wochen angeschleppt. Typisch für sie in einer Nacht- und Nebelaktion. Kein Mensch war vorher informiert, geschweige denn gefragt worden, Beermann nicht und erst recht nicht der Kirchengemeinderat. Daraufhin von Beermann zur Rede gestellt, hatte Bettina gesagt: Was werde ich den Kirchengemeinderat fragen, der lehnt ja doch eine Aufnahme ab. Beermann konnte dieser Logik nichts abgewinnen und war ziemlich laut geworden. Und weil Bettina nicht nachgab, sondern ihrer Entrüstung über gewohnte kirchliche Hilfeverweigerungen freien Lauf ließ, war der Pfarrer bald froh, in einem etwas abgelegenen Pfarrhaus zu residieren, wo ein Ehekrach nicht gleich zum Spektakel für neugierige Nachbarn wird.

Bettina fand sich vollkommen im Recht, nach Absprachen in ihrem Arbeitskreis Asyl der irakischen Familie Unterschlupf zu gewähren, solange deren Antrag noch nicht entschieden war. Beermann hielt dagegen, dass das Gemeindezentrum nicht ihr Privatbesitz sei und dass über eine außerordentliche Belegung der Souterrainwohnung das gewählte Gremium der Gemeinde zu befinden habe. Sie könnten ja nachträglich zustimmen, meinte Bettina bockig. Na, wunderbar, erwiderte Beermann, die Räte würden entzückt sein. Ungewöhnliche Verhältnisse verlangten ungewöhnliche Maßnahmen, ereiferte sich Bettina weiter. Wenn man im Kirchengemeinderat erst Wochen und Monate mit der Frage herumeiere, ob die irakische Familie einen Platz im Gemeindezentrum finden könne oder nicht, dann sei die Sache längst den Bach hinunter, mit elenden Folgen für die Betroffenen. Aber sie könne doch nicht so begriffsstutzig sein, rief Beermann, dass ihr die allgemeinen Verfahrensregeln in einem organisierten Betrieb wie der Kirchengemeinde nicht in den Kopf wollten.

Da hatte er nun etwas angerichtet. Organisierter Betrieb, ja, lachte Bettina höhnisch, da greife ein Rädchen ins andere und es seien weiß Gott! viele Rädchen und die gingen alle sehr langsam, und am Ende stelle sich heraus, dass das Ganze überhaupt nicht vom Fleck komme. »Und was würde euer Jesus wohl dazu sagen? (Der Kulminationspunkt ihrer wütenden Distanzierung war erreicht, wenn sie ›euren Jesus‹ ins Spiel brachte). Hat er vielleicht so einen ›organisierten Betrieb‹ aufgebaut? Und hat den armen und kranken Bittstellern, die ihm über den Weg liefen, mit Bedauern erklärt, er müsse sich erst mal bei seiner zuständigen Behörde erkundigen, ob es unter gewissen Bedingungen zulässig sei, den widerlichen Dämon auszutreiben oder dem Hungrigen ein Brot zu reichen?«

Beermann hatte es nicht mehr ausgehalten und war gegangen. Um sich auszulüften, wie er zu sagen pflegte.

Natürlich stimmte seine Einschätzung, dass der Krach in der Pfarrersehe sich umgehend zum Krach in der Kirchengemeinde erweitern werde. Dort freilich wechselte Beermann die Fronten und verteidigte nach Kräften das regelwidrige, aber menschenfreundliche Vorgehen seiner Frau. Ostendorf, der Ratsvorsitzende, konnte es nicht fassen und drohte mit sofortiger Niederlegung seines Amtes. Zu einer lächerlichen Figur in einem lächerlichen Gremium wolle er sich nicht machen lassen. Der Rest dachte und argumentierte ähnlich. Man dürfe ihren Widerspruch nicht als Ausdruck von Fremdenfeindlichkeit missverstehen, wurde betont, aber eine derart haarsträubende Missachtung ihrer Zuständigkeit könne nicht hingenommen werden. Beermann brachte die Kraft auf, Fehler einzuräumen und sich für die stürmische Hilfsbereitschaft seiner Frau zu entschuldigen. Man müsse aber auch sehen, dass manchmal ungewöhnliche Umstände durchaus ungewöhnliche Maßnahmen verlangten …

Und dann hatte er seinen besten Einfall.

Er schlug vor, bei einer Sondersitzung dem Kirchengemeinderat die Flüchtlingsfamilie aus dem Irak vorzustellen.

Und als erst Tariq mit Frau und Kindern vor dem Gremium erschien, war das Spiel gewonnen. Tariq gab sich als Bescheidenheit in Person und wartete überraschend mit Deutschkenntnissen auf, die er bei seiner Lehrerausbildung in Mossul erworben hatte. Seine Frau saß ohne Kopftuch neben ihm, und die Kinder schauten aufmerksam aus hübschen Gesichtern und dunklen Augen um sich. Die Damen um den Verhandlungstisch schmolzen dahin.

Ob es ihnen nicht unangenehm sei, als Muslime in einem christlichen Gemeindehaus untergebracht zu sein, erkundigte sich Ostendorf.

Tariq lächelte breit. Sie seien keine Muslime, sondern Christen, sagte er. Deshalb trage seine Frau auch keine Kopfbedeckung.

Erstaunen in der Runde. Allerdings, man hatte gehört, dass im Irak Restbestände von Kirchen ums Überleben kämpften und dass die Terrormilizen des ›Islamischen

Staats‹ nicht nur Jesiden, sondern auch Christen blutig verfolgten.

»Wir gehörten der ›Assyrischen Kirche des Ostens‹ an«, erklärte Tariq, »unser Bischof hatte seinen Sitz in Mossul.«

»Hochkompliziert, diese Geschichte und die Vielschichtigkeit der christlichen Kirchen in Syrien und dem Irak«, schaltete sich Beermann ein. »Ich kann das auch nicht alles auseinanderhalten. Jedenfalls handelt es sich – und das vergessen wir meist in unserer abendländischen Sicht – um Ursprungsländer des Christentums. Das syrische Antiochien war schon ein Zentrum der Christen zur Zeit des Apostels Paulus. Und die Nestorianer haben Mission getrieben weit über Mesopotamien hinaus bis nach Indien.«

»Nestorianer?«, fragte jemand nach.

»Nun ja, Tariq mit seiner Familie ist im Grunde genommen Nestorianer. Sie leiten sich her von einem altchristlichen Bischof in Konstantinopel mit Namen Nestorius. Der erlaubte sich eine gewisse Abweichung vom herrschenden Trend in der kirchlichen Bekenntnisbildung. Ersparen Sie mir Einzelheiten! Jedenfalls ging es um die Frage der Gottgleichheit Christi. Fünftes Jahrhundert nach Christus. Die Nestorianer trugen da nicht ganz so dick auf wie ihre theologischen Gegner, die Alexandriner. Sie nannten Jesus auch Gottes Sohn, aber nach ihrer Auffassung bestand zwischen ihm und Gott mehr eine Einheit des Willens als der Natur.«

»Worüber alles Streit herrschen kann!«, wunderte sich eine Kirchengemeinderätin.

»Und nicht nur Streit«, ergänzte Beermann, »auch Kampf mit vielen Opfern und schwer beizulegender Feindschaft. Nach alter westlicher Lesart gelten die Nestorianer als Ketzer. Aber für die Muslime in Mesopotamien waren sie mit ihrem Bekenntnis noch die erträglichsten Christen.«

»Ja«, schaltete Tariq sich ein, »bis der ›Islamische Staat‹ anfing, reinen Tisch zu machen. Die dulden keine Ungläubigen wie die Jesiden, keine Falschgläubigen wie die Schiiten und auch keine Christen wie uns. Im Juli 2014 haben sie ihr Kalifat ausgerufen. Kaum einen Monat später wurden wir Christen aus Mossul vertrieben. Unsere Häuser wurden mit einem plakativen N beschmiert, das steht für Nasrani, Anhänger des Mannes aus Nazareth. Von den Minaretten herab schrie man uns Fluchtbefehle zu. Wer nicht zum Islam übertrete, habe schleunigst zu verschwinden, sonst hole ihn das Schwert ein. Wir hatten keine Wahl und flüchteten nach Norden und über die türkische Grenze bis hierher. Unsere Hoffnung ist, unter Christen zu sein.«

Nach diesem Satz war die Unterbringung der Familie kein Thema mehr. Tariq erhielt sogar einen Nebenjob als Hilfsmesner in der Gemeinde, und seine Kinder gehörten fortan zum festen Stamm und galten als Attraktion in der Kinderkirche.

»Was wollte Parler denn wissen von Tariq?«, fragte Beermann seine wutschnaubende Frau.

»Das Übliche«, gab sie zurück. »Ob er sich ausweisen könne. Und wo er sich zur Tatzeit aufgehalten habe. Und ob er antike Wertgegenstände besitze. Tariq zeigte sich völlig gelassen und gab knappe, klare Auskünfte. Als Parler sich erkundigte, ob er Kontakt zu einer Moschee in der Stadt unterhalte, riss mir der letzte Geduldsfaden. Ob er schon mal gehört habe, dass es im Irak nicht bloß Muslime, sondern auch Christen gebe, fuhr ich ihn an. Und zwar

Christen, die verdammte Gründe hätten, um ihr Leben besorgt zu sein. Wenn die bei uns auftauchten, läge ihnen bestimmt nicht daran, irgendeinem von uns das Leben auszublasen. Parler war stinksauer und verlangte, ich solle mich nicht einmischen. Aber ich war auch auf hundertachtzig. Wo Blödsinn gemacht werde, müsse man sich einmischen, sagte ich. Und ein Verdacht gegen Tariq sei ein ausgemachter Blödsinn. Der könne keiner Mücke was zu Leide tun. Der Hauptkommissar drehte beleidigt ab. Immerhin sei's schon öfter vorgekommen, knurrte er, dass es Wölfe waren, die sich mit dem Schafpelz tarnten. Und weg war er.«

Am Schreibtisch stellte Beermann fest, dass er sich nicht konzentrieren konnte. Wieder mal. Wie ein Gespenst spukte Wackernagel in seinem inneren Filmtheater herum. Die Gestalt, die sich krampfhaft am Türrahmen festkrallte; mit Augen, die er nicht vergessen konnte und die in seinem Kopf wie glühende Kohlen brannten. Und dann diese wegschwebende Stimme, ein Hauch war's nur noch gewesen, aber dem Hauch meinte er eine Botschaft entnommen zu haben, die er immer wieder hervorkramte und besah und betastete, um sie zu entschlüsseln. ›Wie Abs~on‹ oder ›Nie Abs~on‹. Dass Wackernagel an Absolution gedacht haben könnte, wurde ihm umso unwahrscheinlicher, je öfter er diese Ergänzungsvariante durchspielte. Gab es andere? ›Abstraktion‹ vielleicht? ›Wie Abstraktion‹? Doch das war kompletter Unsinn. Beermann war überzeugt, dass die Mitteilung des Sterbenden wichtig war, sein ›letztes

Wort‹ sozusagen. Aber wie war das Bruchstück richtig auszubessern und zu vervollständigen, sodass ein Sinn heraussprang?

Sonntag nach dem Gottesdienst fühlte er sich leer. Er zog sich zurück in sein Arbeitszimmer und starrte aus dem Fenster. Aus tiefhängenden Wolken schüttete es wie aus Gießkannen, dass die Regenrinnen am Kirchendach die Flut nicht fassen konnten und überliefen. Tristesse draußen, Tristesse drinnen.

Wieder einmal hatte ihn der Gedanke befallen, dass es mit der Gottesdienstkultur aus und vorbei sei. Das Leben war aus ihren Kirchen emigriert, und die Pfarrer tänzelten noch ein wenig herum in Kulissen, die man vergessen hatte, rechtzeitig abzuräumen. Der Kirchenbesuch war dürftig gewesen, ein paar treue Gemeindeglieder, die er im Verdacht hatte, mit Rücksicht auf den Pfarrer erschienen zu sein, den man nicht im Stich lassen wollte. Dazu eine Handvoll Konfirmanden, die sich in der letzten Bankreihe langweilten und die Zeit verquasselten, bis er sie mit strengem Blick wieder einfing. Vor einigen Wochen hatte er sie mitten in der Predigt aufgefordert, doch nach vorn zum Mikrofon zu kommen und der ganzen Gemeinde mitzuteilen, was sie sich untereinander zu tuschelten. Aber das konnte er nicht jeden Sonntag bringen.

Ach ja, und zwischendrin hatten diesmal auch Leute gesessen, die bestimmt aus purer Neugier da waren. Mal hören, was der Pfarrer zur Mordsache an der Pfarrhaustür zu bemerken hat. Beermann hatte gar nichts dazu gesagt und sie zweifellos enttäuscht. Die also würden nächstes Mal auch wieder fehlen.

Im Kollegenkreis war es ein beliebtes Spiel, nach Erklärungen für die gottesdienstliche Misere zu suchen. Bei strahlender Sonne treibt's die Leute aufs Land, hieß es, und bei Dauerregen oder Schnee nicht vor die Tür. Die Sportvereine mit Sonntagsterminen stehlen ihnen die Jugend, und das reiche Freizeitprogramm in der Stadt stellt ihr altes religiöses Angebot ins Abseits. Länger als drei Minuten zuhören kann sowieso keiner mehr, und einem Geistlichen zuhören zu müssen, erscheint irgendwie abartig. Die Hoffnung, mit angeblich modernen Veranstaltungsformen mehr Schwung in den Laden zu bringen, hatte Beermann nie geteilt. Er hielt das für einen trügerischen Weg mit falschen Mitteln. Lieber noch mit wenigen im Kirchenschiff bei der Sache sein, als vor vollem Haus den Unterhaltungsclown geben und Allotria betreiben.

Ab und zu hatte er in letzter Zeit die Versuchung verspürt, alles an den Nagel zu hängen. Andere taten es halbherzig, wechselten in den Schuldienst oder verkrochen sich in einer Klinik. Sonderpfarrer nannte man das. ›Sonder‹ wie ›sonderbar‹ oder ›Sondermüll‹. Wenn er einem von ihnen begegnete, schien er immerhin einen recht zufriedenen Eindruck zu machen. Von denen saß keiner am Sonntag mit leerem Gesicht auf seinem Schreibtischstuhl, um Trübsal zu blasen.

Obendrein dann noch die Geschichte mit Wackernagel. Dass ihm sein Tod zu Herzen gegangen wäre, konnte er nicht einmal sagen. Geschockt war er gewesen, natürlich. Wer sollte auch nicht geschockt sein, wenn ihm plötzlich ein Mensch in die Arme stürzt, aus dessen Rücken ein mörderischer Dolch ragt? Und zwar ein Dolch, der wegen seines

Alters eigentlich ins Museum gehörte. Aisha ging ihm durch den Kopf. Was sie von ihm wollte, war ihm ebenso schleierhaft wie vorher schon der Grund für Wackernagels Besuch. In welch lebensgefährliche Netze hatten sich die beiden einfangen lassen? Und der Sohn, der fernab irgendwo in Afrika beim Entwicklungsdienst sein sollte, hatte vermutlich von allem nicht den geringsten Schimmer.

Einem plötzlichen Einfall nachgebend öffnete Beermann seinen Laptop. Er googelte den Namen Dr. Thomas Wackernagel und wurde fündig. Bei Wikipedia gab es einen längeren Eintrag. Beermann überflog die biographischen Daten und schaute sich die Publikationsliste an. Ein Dozent an der Uni ist gehalten, regelmäßig Veröffentlichungen zu seinem Fachgebiet vorzulegen, sonst ist er schnell aus dem Rennen. Dabei muss es sich nicht nur um Bücher handeln, Aufsätze in den einschlägigen Zeitschriften reichen aus. Beermann las und runzelte die Stirn. Da war die Dissertation erwähnt über Norbert von Xanten, davon wusste er. Anschließend wurden vier Aufsätze genannt, Beiträge in der Zeitschrift für Kirchengeschichte über Gegenstände aus der Zeit der Kreuzzüge. Das war alles, und die paar Aufsätze lagen einige Jahre zurück. Eigenartig. Hatte Wackernagel mit dem Publizieren wissenschaftlicher Arbeiten einfach aufgehört? Ein Dozent, der nicht mehr dozieren wollte oder nichts mehr zu dozieren hatte?

Beermann googelte weiter und suchte das Vorlesungsverzeichnis der Fakultät heraus. Wackernagel war dort vertreten mit einem Seminar über ›Mittelalterliche Religionsgespräche an europäischen Fürstenhöfen‹ und einer Übung über Jehuda Halevis Buch ›Kusari‹. Darunter war vermerkt, dass der spanische Arzt, Philosoph und Dichter vor annähernd tausend Jahren eine luzide Verteidigungsschrift des Judentums gegen die Wahrheitsansprüche des Christentums und des Islam vorgelegt habe.

Beermann schloss die Fenster des Browsers und schaute durch die Fenster seines Zimmers hinaus in den Regen. Wie gut hatte er Wackernagel wirklich gekannt? War ihre Bekanntschaft nicht stehengeblieben auf dem Stand gemeinsamer Studienzeiten? Gelegentliche Promotionstreffen, die sie kurz und unverbindlich zusammenführten, hatten daran nicht viel geändert. Was Wackernagel seit längerem dachte und was ihn bewegte, war ihm ziemlich unbekannt.

Er erinnerte sich an Martin Haller, ebenfalls ein Studienfreund, der nach seiner Kenntnis enger mit Wackernagel verbunden war. Haller besuchte ihre Jahrestreffen unregelmäßig, war zuletzt auch in Bebenhausen nicht dabei gewesen, aber Beermann wusste, dass er in Heidelberg wohnte und an der dortigen Universität einen Lehrstuhl besetzte. Er hatte Theologie studiert, wie sie alle, war dann jedoch zur Orientalistik gewechselt und vertrat dieses Fach nun im akademischen Programm. Kurz entschlossen erfragte Beermann seine Telefonadresse in Heidelberg und ließ die Auskunft gleich durchwählen.

Er hatte Glück und erreichte Haller sofort. Nach den üblichen Einleitungsfloskeln kam Beermann rasch zur Sache und erklärte, er rufe an wegen Wackernagels Tod. Haller war darüber bereits im Bilde und bat nur um einige Informationen über Details. Eine schreckliche Geschichte, sagte er, aber wer mit dem Feuer spielt, muss damit rechnen, dass er sich verbrennt.

Beermann war sprachlos. Was machte Haller da für eine unsägliche Anspielung? Dass Wackernagel am Ende nicht einmal schuldlos wäre an seiner Ermordung? Was wusste der Mann in Heidelberg? Beermann versuchte nachzuhaken und Näheres über Hallers dunkle Andeutung in Erfahrung zu bringen, aber der blockte mit Entschiedenheit ab. Nicht am Telefon, mein Lieber, sagte er. Wenn du willst, kannst du mich besuchen. Meinetwegen morgen schon.

Sie verabredeten sich zum Mittagessen in einem Restaurant an der Alten Brücke.

Der Pfarrersmontag, der diesmal nicht mit Sitzungsterminen des Kirchenbezirks und anderem Unrat zugemüllt war, erlaubte den Ausflug nach Heidelberg. Beermann liebte diese Stadt und die Strecke dorthin den Neckar hinunter. Die Autobahn nahm er bloß bis Heilbronn und genoss anschließend die Landstraße, die den Neckarschleifen folgt und unter bewaldeten Hängen und Burgruinen dem Rhein entgegenbummelt. Am Heidelberger Altstadtufer hatten sich die Touristenströme des Sommers verlaufen, nur vereinzelt zückten noch reisende Japaner ihre Kameras und nahmen die Alte Brücke und von dort die mächtige Schlossanlage am Berghang ins Visier. Beermann war pünktlich und traf Haller, der am Eingang des Restaurants bereits auf ihn wartete. Die Regenschauer des Sonntags hatten sich verzogen, und eine milde Herbstsonne wärmte, so dass die beiden beschlossen, ihre Mahlzeit im Freien einzunehmen.

»Also Wackernagel«, begann Beermann, der zu anderen Gesprächsinhalten nicht aufgelegt war. »Beinah vom Stuhl gehauen hat mich deine Bemerkung, dass mit Verbrennung rechnen müsse, wer mit dem Feuer spielt.«

»Naja«, lenkte Haller ein, »war vielleicht ein bisschen flott dahergeredet, dieser Gemeinplatz. Aber doch nicht aus der Luft gegriffen. Weißt du was? Du lässt mich jetzt einfach erzählen, und ich versuche, die Dinge so zusammenzustellen, wie ich sie sehe.«

Beermann war einverstanden.

»Während des Studiums hatten wir beiden guten Kontakt zueinander«, begann Haller, »aber danach verloren wir uns erstmal aus den Augen. Ich nahm die Kurve zur Orientalistik, Thomas vergrub sich in der Kirchengeschichte.«

»Aber seit Jahren hat er auf diesem Gebiet nichts mehr publiziert«, unterbrach Beermann.

Haller hob eine Augenbraue: »Richtig. Das ist dir also aufgefallen. Aber du wolltest mich erzählen lassen. Nun, es war Thomas, der sich zuerst wieder meldete. Aus fachlichem Interesse. Er saß an einer Arbeit über Johannes Damascenus, 8. Jahrhundert bekanntlich, den namhaften syrischen Theologen mit guten Verbindungen zum Hof des Kalifen. Da wollte er ein paar historische Informationen von mir und fragte vor allem, ob ich bereit sei, seinen Aufsatz vor der Veröffentlichung kritisch zu lesen.

Er schickte mir sein Manuskript, und ich habe es wirklich mit Spannung studiert. Allerdings auch mit Überraschung. Ich skizziere dir den Gang der Handlung, weil er für Wackernagels Entwicklung aufschlussreich und vermutlich auch für sein tragisches Ende von Belang ist.

Thomas setzte ein mit dem Hauptwerk des Damasceners ›Über die Häresien‹. Darin erscheint dessen große Abrechnung mit den angeblichen Irrtümern des Islam. Der ganze Koran sei nichts weiter als eine perfide Verfälschung christlicher Glaubensinhalte. Die Erzählungen über Jesus würden verdreht wiedergegeben, seine Kreuzigung geleugnet und so weiter und so fort. Man kennt das ja alles und bis zu diesem Punkt machte Thomas auch nichts weiter, als die harsche Islamkritik des Damasceners zu referieren.

Aber dann ging's los, und es wurde rasch klar, woher bei ihm der Wind wehte. Denn Thomas fing an, das Buch des Damasceners kritisch zu betrachten, nur nicht in gleicher Richtung, dic seit langem Konsens geworden ist in der Wissenschaft. Er verübelte seinem Autor also nicht die christliche Arroganz und die verleumderische anti-islamische Polemik, sondern versuchte sie seinerseits besser zu begründen und sogar zu vertiefen. Wie er das machte, kann ich dir schriftlich liefern mit einem Zeitschriftenaufsatz, den er etwas später verfasst hat und der seine Intention auf den Punkt bringt.«

Haller griff in seine Jackentasche und holte ein paar bedruckte Blätter hervor, die er neben Beermanns Weinglas auf den Tisch legte.

»*Religiöse Dichtung und Wahrheit*«, las Beermann laut. »Von *Herbert Kattner*?«

»Herbert Kattner ist Thomas' Pseudonym«, erklärte Haller. »Seit einiger Zeit schrieb er bloß noch unter diesem Namen. Genauer gesagt, seit seiner geistigen Wende. Er ist, wenn du mich fragst, vom kühlen Historiker zum hitzigen Propagandisten mutiert, und zwar für ein ideologisch gebrauchtes Christentum gegen alle Wahrheitsrechte des Islam. Auch wenn du's nicht glauben magst: Thomas Wackernagel wurde ein – übrigens nur notdürftig verkappter – Moslemfresser. Das vertrug sich natürlich nicht mit seiner akademischen Stellung, und deshalb verlegte er sich auf die bequeme Lösung mit dem doppelten Gesicht. An der Universität war er Thomas Wackernagel und fuhr seine wissenschaftliche Tätigkeit auf Sparbetrieb herunter. Bei seinem Propagandazug jedoch war er Herbert Kattner, ein rabiater Islamaufklärer und auch ein bisschen streitbarer Sankt Michael für die bedrohte Christenheit.«

Beermann fühlte sich wie vor den Kopf geschlagen. Was Wackernagel denn wohl veranlasst habe zu seiner neuen Leidenschaft, wollte er wissen.

Haller zögerte: »Da kann ich auch bloß Vermutungen anstellen. Aber zuvor solltest du den Artikel lesen, den ich dir mitgebracht habe. Er ist ja nicht lang. Bis dein Schnitzel serviert wird, hast du's hinter dir.«

Es handelte sich wirklich um einen überschaubaren Text, und Beermann las:

RELIGIÖSE DICHTUNG UND WAHRHEIT
Von Herbert Kattner

Im sogenannten Dialog der Religionen ist es üblich geworden, die Wahrheitsansprüche des Islam stillschweigend hinzunehmen. Auch wenn sie noch so dick aufgetragen werden. Dass Mohammed nicht nur der letzte, sondern auch der letztgültige und darum allein maßgebliche Prophet sei; dass der Koran von A bis Z als göttliche Offenbarung zu gelten habe, die frühere Teiloffenbarungen in den Buchreligionen total in den Schatten stelle; dass nur im Islam der einzige und wahre Gott ohne fremde Beimischungen verehrt werde – dies und anderes mehr lässt man im Weichspülgang des angeblichen Dialogs passieren. Die Christen suchen die Verständigung und lassen den Muslimen ihren Wahrheitsabsolutismus. Man knickt ein vor den Unbeugsamen.

Da nützt es auch nichts, ab und zu die Kopftuchfrage aufzuwärmen oder mit dem Zollstock die zulässige Höhe eines Minaretts im Neckartal zu kontrollieren. Denn es geht nicht um Äußerlichkeiten. Es geht um die Substanz. Um die behauptete Wahrheit.

Islamkritik ist von christlicher Seite immer erhoben worden. Mit Johannes von Damascus (8. Jhd.) hat es im großen Stil angefangen, andere in der Westkirche, vorneweg der ehrwürdige Abt von Cluny Petrus Venerabilis (12. Jhd.) haben nachgezogen, und auch ein Martin Luther trug keine Bedenken, im Allah der Türken nichts anderes als eine Camouflage des Teufels zu entdecken. Aber alle diese Kritiken litten an einem entscheidenden Mangel. Sie beurteilten den Islam von außen. Sie bekämpften ihn mit Waffen, die in christlichen Schmieden gehärtet wurden. Sie leugneten deshalb auch nie, voreingenommene und parteiliche Äußerungen zu sein.

Die Sache gewinnt jedoch an Brisanz, wenn man den Islam nicht von außen, sondern von innen her ins Unrecht setzt. Nicht mit fremden christlichen Zeugnissen gegen ihn, sondern auf der Basis seiner eigenen Zeugnisse. Mit einem Wort: die Widerlegung ist komplett, wenn der Nachweis geführt werden kann, dass der Koran selbst gegen den Koran aussagt. Dem Ziel dieses Nachweises dient der vorliegende Artikel.

Unstrittig ist die Liebe der altarabischen Kultur zur Dichtung. Poesie wird hoch geschätzt, die Dichter genießen höchste Achtung. Aber niemand würde bestreiten, dass Dichtung eben Dichtung ist, also Erfindung, die sich menschlichem Phantasievermögen verdankt.

Ein heikler Punkt im Blick auf den Koran entsteht nun, wenn fraglich wird, ob es sich bei dessen Inhalten um Offenbarung oder um Dichtung handelt. Da gerät man in ein ziemliches Dilemma. Denn einerseits wird in der islamischen Tradition betont, dass es sich bei den Koransuren, jedenfalls aus der frühen und mittleren mekkanischen Periode, um außergewöhnlich schöne, vielfach an hebräische Psalmen erinnernde poetische Texte handle. Rechter Gebrauch des Koran ist deshalb auch nicht seine stille analytische Lektüre, sondern eine laute, die Ästhetik der altarabischen Sprache würdigende Rezitation. Andererseits wehrt man sich entschieden gegen die Ansicht, der Koran sei reine Dichtung, das heißt: ein lediglich mit Mitteln der Poesie erzeugtes Textwerk.

Auffällig wirkt die Vehemenz, mit der im Koran selbst ein möglicher Poesieverdacht abgewiesen wird. An mehr als einem Dutzend Stellen ist das der Fall.

Zum Beispiel Sure 69,40f.: *Siehe, es ist wahrlich die Rede eines edeln Gesandten, und nicht ist's die Rede eines Poeten.*

Oder Sure 21,5, wo die Bestreiter von Mohammeds Offenbarungsreden, Ungläubige also, zitiert werden, die sagen: *Es sind wirre Träume. Ja, er hat ihn (sc. den Koran) erdichtet, er ist ja ein Dichter.*

Nach Sure 37,36 erklären dieselben: *Sollen wir wirklich unsre Götter um eines besessenen Dichters willen aufgeben?*

Der Vorwurf von ›Besessenheit‹ muss hier im Sinne besonderer Inspiration verstanden werden. Dass Dichter mit ekstatischen und manischen Erfahrungen zu tun haben, war verbreitete antike Überzeugung. Auch Platon hat sie geteilt und darum den Wahrheitswert poetischer Zeugnisse in Frage gestellt. Arabisch war die Vorstellung, dass zum Dichter werden kann, wer von einem Dschinn heimgesucht wurde. Eine Inspiration lag demnach in beiden Fällen vor, beim Dichter ebenso wie beim Propheten. Nur dass die prophetische Offenbarung ihren besonderen Charakter dadurch gewinnen sollte, dass sie – anders als bei den Dichtern – angeblich göttlich inspiriert und durch den Erzengel Gabriel eingegeben war.

Der immer wieder beteuerte Satz, dass Mohammed kein Dichter und der Koran keine Dichtung sei, verliert aber an Überzeugungskraft, je öfter und zwanghafter er wiederholt wird. Der Umkehrschluss liegt auf der Hand: gerade weil es sich um Dichtung handelt, muss in einem gesteuerten koranischen Dogmatisierungsprozess so energisch behauptet werden, es sei keine, sondern nichts als reine Offenbarung.

Die Sache erfährt aber zuletzt eine allerfeinste Pointe dadurch, dass Mohammed selbst seine Erleuchtung exakt als poetische Inspiration verstanden hat! Die islamische Überlieferung erzählt dies freilich so, dass es sich bloß um einen Anfangsirrtum des Propheten gehandelt habe. Demnach habe er zuerst gemeint, sein tranceartiger Zustand, in dem ihm Einsichten und Verse zuflossen, sei der Zustand poetischer Inspiration gewesen. Auf das Erlebte konnte er sich in dieser Weise einen Reim machen, weil es voll und ganz den Dichtererfahrungen entsprach, von denen er wusste. Erst seine Frau Chadidscha habe ihm geholfen, die wirkliche Bedeutung seiner Offenbarungen zu begreifen.

Fazit: Der Koran ist Dichtung. Und aller Aufwand, der betrieben wird, genau dies zu bestreiten, verstärkt bloß die Gewissheit, dass es sich um Poesie handelt, nicht um Wahrheit. Sure 26 trägt die Überschrift »Die Dichter«. Dort heißt es in den Versen 221 – 224: *Soll ich euch künden von denen, auf welche die Satane herniedersteigen? Herniedersteigen sie auf jeden sündigen Lügner. Sie teilen das Gehörte mit; doch die meisten von ihnen lügen. Und die Dichter, es folgen ihnen die Irrenden.*

Dem ist nichts hinzuzufügen!

Beermann schob seinen Schnitzelteller beiseite und legte die Blätter vor sich hin. »Was hältst denn du davon?«, fragte er.

Haller atmete tief durch: »Die Koranzitate sind korrekt. Auch die enge Beziehung von Koran und Dichtung ist zutreffend. Die islamkritischen Folgerungen, die aus dieser engen Beziehung gezogen werden, sind allerdings freie Interpretation. Da spielt Wackernagel eine ziemlich windige Möglichkeit durch, mehr nicht. Bewiesen hat er gar nichts.«

»Aber tüchtig Wirbel gemacht. In muslimischen Kreisen wird man wenig erbaut sein, wenn man davon erfährt.«

»Denke ich auch. Der Artikel platzt zwar nicht in die Öffentlichkeit wie Salman Rushdis ›Satanische Verse‹ 1988 oder wie die Mohammed-Karikaturen im dänischen Jyllands-Posten 2005; aber blasphemisch muss er wahrhaftig auch wirken auf reizbare islamische Gemüter, wenn sie erst dahinterkommen.«

»Du meintest, Wackernagel habe sich ein Pseudonym zugelegt, um seine akademische Position nicht zu gefährden. Könnte es nicht auch sein, dass er's gewählt hat, um sich vor unerwünschten Nachstellungen beleidigter Muslime zu schützen?«

Haller nickte: »Ich halte es aber für unwahrscheinlich, dass erboste Muslimbrüder ihn gleich zur Strecke bringen wollen wegen seines Aufsatzes. Unannehmlichkeiten dagegen könnten durchaus zu erwarten sein.«

»Womit ich wieder bei meiner Frage bin, auf die du noch keine Antwort gegeben hast. Weshalb machte Wackernagel so etwas? Was trieb ihn, der ideologisch doch nie verbohrt gewesen ist, zu solcher Militanz dem Islam gegenüber?«

»Wir können ein paar Vermutungen anstellen, mehr nicht, ich sagte dir's schon. Wenn du's psychologisch angehen willst, könnte sein Verhältnis zu Aisha, seiner muslimischen Frau, eine Rolle gespielt haben. Wackernagel war mehrfach in Syrien, zum ersten Mal vor über zwanzig Jahren. Er hat damals die Bibliotheken durchstöbert und die Museen entdeckt, vor allem das große Nationalmuseum in Damaskus. Aisha war dort Mitarbeiterin und muss ihm allerlei Raritäten, auch solche aus den Magazinen, nahegebracht haben. Kurz und gut: die beiden haben sich verliebt, und nicht viel später ist Aisha mit ihm nach Deutschland gegangen. Am Anfang lief wohl alles gut, aber dann gab's auch Schwierigkeiten. Vielleicht hing Wackernagels antiislamischer Affekt ja damit zusammen. Mit einer gewissen Entfremdung von seiner muslimischen Frau, meine ich.«

Früh am Morgen wachte Beermann auf, weil Bettina ihn sanft in die Seite gestoßen hatte. Gleich erkundigte er sich, ob er laut geschnarcht habe.

»Nein, du hast überaus zufrieden gelächelt, mein Lieber. Also hast du unanständig geträumt.«

Beermann tat entrüstet: »Ich träume niemals unanständig. Weiß überhaupt nicht, wie das geht!«

»Jedenfalls warst du mit einer schönen Frau zusammen«, beharrte Bettina.

»Einer sehr schönen sogar«, schmunzelte Beermann, »aber unsere Begegnung war vollkommen keusch und sehr literarisch sozusagen. Man könnte auch sagen – überaus tiefgründig!«

In der Tat hatte er im Traum Feray gesehen, Parlers Kriminalassistentin. Es war in Blaubeuren, unmittelbar am Rand des Klostersees. Dort hatte er gewartet, unbestimmt auf irgendetwas oder irgendwen, hatte in die Tiefen des Blautopfs hineingeschaut und sich am Farbenspiel der Blautöne gefreut. Plötzlich war aber in den Wasserspiegel Bewegung gekommen, es war, als wollte der See mit einem Mal aufkochen – und schon erschienen Kopf und Arme der schönen Lau. Aber die schöne Lau war Feray, und Feray war die schöne Lau, und ihre lockige schwarze Haarpracht umfloss das feucht glänzende Gesicht. Das Haar jedoch war überhaupt nicht nass, sondern luftig und leicht, und Beermann meinte, es müsste eine Lust sein, mitten hineinzugreifen. Er stand aber bloß wie verzaubert, unfähig eine Bewegung auszuführen oder ein Wort zu reden. Die schöne Lau Feray sah ihn unausgesetzt an mit ihren schwarzen Augen, in deren Ecken sich winzige

Lachfältchen gebildet hatten. Beide Arme streckte sie aus nach ihm, und Beermann empfand es wie einen geheimnisvollen Sog, der vom Wasser ausging. Sie winkte ihm mit der Hand und winkte ihm mit den Augen, und Beermann hatte nicht den geringsten Zweifel, dass er's mit der schönen Lau zu tun hatte und mit Feray zugleich, und er hätte nur zu gern gewusst, ob sie nun unter Wasser ihre edlen langen Beine verbarg oder den Fischschwanz der Nymphe. Als er dabei war, sich über diesen wesentlichen Punkt Gedanken zu machen, tat Feray ihren Mund auf, dass die Perlenzähne blitzten und sagte: ›Komm, ich führe dich, wohin du willst. Du musst dich nur entschließen und beherzt in meine Arme springen, dann fange ich dich auf und halte dich fest und wir tauchen hinab in die Tiefen und folgen verborgenen Höhlen und Wasserwegen, immer weiter, immer weiter bis hinaus an den Euphrat. Denn dort willst du ja hin.‹ Beermann antwortete nicht, aber er verstand, dass die schöne Lau ihm gut gesinnt war und besser als er selbst wusste, worauf er eigentlich gewartet hatte am Rand des Blautopfes. Und da war sein Entschluss gefasst. Er würde in Ferays Arme springen und auftauchen am Ufer des Euphrat, weitab in Syrien, vielleicht im Irak. Da setzte er zum Sprung an, klatschte aufs Wasser und spürte Bettinas Stoß in die Seite.

»Du bist doch nicht eifersüchtig, Bettina?«, fragte er naiv.

»Eifersüchtig? Auf ein Bild deiner schläfrigen Phantasie? Ach, Herr Pfarrer!«

Damit erhob sie sich, streifte ihren Morgenmantel über und verschwand im Bad.

Im Gemeindebüro holte Beermann der Alltag ein. Sibylle Brotbeck, die Sekretärin, war brummig, weil sie ein enttäuschendes Rendezvous vom Vorabend zu verdauen hatte. Sie legte ihm kommentarlos eine Liste mit einer Reihe drängender Termine und mit Angaben über vergebliche Anrufe am Montag vor. Parlers Name befand sich darunter. Sogar zweimal.

Von seinem Arbeitszimmer aus rief er den Hauptkommissar an. Um ihn zu unterrichten über seine vergebliche Reise nach Blaubeuren und die erfolgreiche Reise nach Heidelberg. Sie sind ja ganz schön unterwegs, meinte Parler. Hoffentlich leide seine Gemeinde nicht an Zuwendungsmangel, wenn er so fleißig als IM der Kripo auf Achse sei.

Das klang nicht nach uneingeschränkter Zustimmung, wenn's auch kein direkter Tadel sein mochte. Parler ließ sich nicht gern ins Handwerk pfuschen. Er legte Wert darauf, Chef der Untersuchung zu sein und alle Fäden in seiner Hand zu halten. Auf der anderen Seite lehnte er keine Informationen ab, die seinen Ermittlungen dienten, egal woher sie rührten. Beermann schätzte er. Bloß nicht die Alleingänge, die er sich immer wieder leistete. Dass er ihn als ›Informellen Mitarbeiter‹ bezeichnete, war natürlich scherzhaft gemeint. Ein bisschen wenigstens. Ihm lag daran, dem Pfarrer deutlich zu machen, dass er seine Unterstützung im Mordfall Wackernagel erwarte, aber bitte kontrolliert und unter der Regie des Kommissariats.

Das Verschwinden der Frau mache ihm Sorgen, sagte Parler, sie müsse sich massiv bedroht fühlen. Vielleicht kenne sie ja den Mörder ihres Mannes oder ahne, wer es sein könnte. Ein Wissen oder eine Ahnung, die für sich bereits lebensgefährlich sein dürften. Und wenn noch Weiteres hinzukomme, was ihr bekannt sei, dessen Bekanntwerden der Täter aber mit allen Mitteln zu verhindern suche, dann sei sie nirgendwo sicher, nicht mal im entlegensten Versteck.

Im Übrigen frage er sich, wo der Sohn sich eigentlich herumtreibe. Der sei ja noch jung, knapp über zwanzig, und habe nach seiner Mittleren Reife Beziehungen zu verschiedenen Organisationen der Entwicklungshilfe gepflegt. Habe auch entsprechende Ausbildungsgänge absolviert. Aber von einem derzeitigen Einsatz in Schwarzafrika wisse niemand. Nicht mal, ob er sich dort überhaupt aufhalte. Ihre Recherchen in dieser Richtung seien alle fehlgeschlagen.

Ja, und dann dieser Orientalist in Heidelberg mit seinen Offenbarungen über Wackernagels Pseudonym und die damit zusammenhängenden Verschiebungen in seiner Geisteshaltung. Das sei nun doch eine echte Überraschung. Und könne einen gewaltig ins Grübeln bringen. Wenn Wackernagel tatsächlich, wie dieser Haller in Heidelberg behaupte, ein Moslem-Fresser gewesen sei, dann könne er leicht von Leuten aus dem radikalen Moslem-Milieu erledigt worden sein. Die Mordwaffe selbst, dieser Dolch aus Syrien oder dem Irak, passe dazu wie die Faust aufs Auge. Bisher habe man zwar noch keine Schwerverbrechen dieser Art in ihrer Stadt registrieren müssen, aber irgendwann passiere eben alles zum ersten Mal.

Beermann dachte, während Parler seinen Mutmaßungen über muslimische Hintergründe des Mordfalls weiter Nahrung zuführte, dass das Feindbild nun anscheinend voll eingerastet sei. Radikale Muslime. Salafisten.

Dschihadisten. Sogar den harmlosen Tariq hatte der Kripochef unter die Lupe genommen, bloß, weil er arabischer Herkunft war und nahe dem Tatort im Souterrain des Gemeindezentrums wohnte. Die Nervosität nahm zu. Nicht nur bei Parler, sondern in der Bevölkerung überhaupt. Die Menge der Zuwanderer wurde zum Problem. Zehntausend täglich, hieß es in den Medien, die zahlenmäßig stärkste Gruppe stammte aus Syrien. Neben den Fragen der Unterbringung und Versorgung, die Verantwortliche in den Kommunen bis an den Rand der Verzweiflung trieben, waren die Menschen geplagt von der großen Unübersichtlichkeit. Keiner wusste, wie viele kamen und noch kommen sollten, und vor allem, was sie außer ihrem erbärmlichen Handgepäck eigentlich mitbrachten. Wieviel Bereitschaft, sich wirklich einzugliedern, offene Arbeitsplätze und Bildungsangebote anzunehmen, war denn tatsächlich vorhanden? Und wieviel Fähigkeit, den Anforderungen gerecht zu werden? Beermann kannte aus eigener Anschauung das Maß der Bedenken, auch in seiner eigenen Kirchengemeinde. Dass schwäbischer Reinlichkeitssinn auf harte Proben gestellt wurde, machte noch die geringsten Irritationen aus. Schwerer wog die Geisteshaltung, der man nicht traute und die zu manchen Befürchtungen Anlass geben mochte. Was bewegte sich in den Köpfen derer, die aus den Milieus massiver Gewalt geflohen waren, aber die böse Lektion gelernt hatten, dass ein Menschenleben nicht viel zählt? Wie würden sie reagieren, wenn sie erst dahinterkamen, dass ihnen auch im Land der neuen Freiheit nicht bloß Willkommensgesten, sondern ebenfalls Wellen von Abneigung und von Ablehnung entgegenrollten? War das, was sie als muslimische Identität mitbrachten, in einer säkularen Gesellschaft mit christlichen Restbeständen überhaupt anders zu erhalten als in sozialer Abschottung und bekenntnishafter Versteifung? Mussten nicht viele von ihnen, wenn sie schon nicht mit radikalen Parolen vollgestopft ins Land einrückten, über kurz oder lang zu Radikalen werden, die sich energisch ihrer Haut und auch ihres Glaubens erwehrten?

Natürlich geht's oft primitiver zu mit dem Feindbild, dachte Beermann. Da reicht das Etikett des Fremden, eine unverständliche Sprache, argwöhnisch beäugte Formen von Geselligkeit und von Gemeinschaftsbildung. Passiert irgendwo was Kriminelles, weiß man sofort, wo die Verdächtigen zu suchen sind. Fremd ist anstrengend, muslimisch undurchschaubar; fremde Muslime bilden demnach ein Gefahrenpotenzial, so rechnet die verunsicherte Bürgervernunft. Und Parler war anscheinend selber dabei, sich solchen Rechenspielen hinzugeben.

Beermann kehrte mit seiner Aufmerksamkeit zurück zu seinem Telefongespräch, als Parler eine Frage wiederholte, die er – mit seinen eigenen Gedanken beschäftigt – nicht beantwortet hatte. Ob er am Nachmittag Zeit übrighabe, fragte Parler, zwei bis drei Stunden, um mit Feray nach Tübingen zu fahren. Er werde das Gefühl nicht los, dass sie beim ersten Besuch in Wackernagels Wohnung etwas übersehen haben könnten. Feray sei damals nicht mit von der Partie gewesen, aber eine muslimische Spürnase sollte im Haushalt einer Muslima eingesetzt werden, wenn dort überhaupt Verdächtiges zu vermuten war. Und ein Theologe in den vier Wänden, namentlich im Arbeitszimmer des Theologen Wackernagel, könnte ebenfalls von Nutzen sein. Die Tübinger Polizei sei übrigens im Bilde und Feray befugt, die Wohnungstür zu öffnen. Beermann sagte dem Hauptkommissar zu, sagte zwei Seniorenbesuche für den Nachmittag ab, diktierte der Sekretärin ein paar Briefe und richtete sich innerlich ein auf eine kleine aufregende Reise ins Ungewisse.

Nachmittags um drei saß er im Dienstwagen neben Feray, mit gemischten Gefühlen. Er genoss die Fahrt und befürchtete Überraschendes in Wackernagels Wohnung, die er bisher nie betreten hatte. Feray lenkte den Wagen die Weinsteige hinauf und über die Schnellstraße am Flughafen vorbei. Sie hatte ihre Sonnenbrille wieder ins Haar gesteckt und plauderte Belangloses, das Beermann aufnahm wie Musik. Die Gelegenheit war günstig, sie von der Seite zu betrachten, und es störte ihn überhaupt nicht, wenn sie es mitbekam. Eduard Mörikes schöne Lau hatte er sich immer blond vorgestellt, mit wallenden Locken weit über den Rücken hinab. Aber das war vielleicht ganz verkehrt. Sollte sie doch, der Erzählung des Dichters zufolge, eine Wasserfrau aus der Ferne sein, deren Heimat im Donaudelta zu orten war und die sich mit einem Schwarzmeernix eingelassen hatte. Also doch eher schwarz gelockte Schönheit mit dunklem Teint. Eher wie Feray. Beermann musste bei diesen Gedanken über sich selber lächeln. Wüsste Bettina davon, würde sie ihm auf den Kopf zusagen, er sei verliebt. Und ihn kräftig auslachen.

Sie streiften auf ihrer Strecke die Wälder des Schönbuch, deren Farbenspiel zu erlöschen begann und die an vielen Stellen Rost ansetzten. Es waren die Tage im

Jahresablauf, an denen sich melancholische Schatten auf Beermanns Seele legten und in denen er noch ungeselliger werden konnte als sonst. Das gesamte runde Jahr über spürte man nicht annähernd so klar, was Zeit bedeutet, wie in diesen wenigen Herbsttagen, in denen die Natur den Atem anhält und einen stillen Abschied feiert vom Leben. Das war seine Erfahrung und sie bestätigte sich Jahr um Jahr. Dass er jetzt neben Feray im Auto saß, war keineswegs zu verachten, aber im Grunde genommen wäre es angemessener, auf einem Bänkchen irgendwo unter Kastanien und Zitterpappeln zu sitzen und den Blättern nachzutrauern, die wie bunte Falter durch die Luft taumelten, um sich unter ihresgleichen auf dem Boden zur Ruhe zu betten.

Am Zielort parkte Feray den Wagen auf dem jenseitigen Neckarufer bei den Schulgebäuden. Sie schlenderten über die Insel, die wegen ihrer Anziehungskraft für studentische Liebespaare die ›Seufzerallee‹ genannt wurde, gönnten sich kurze Blicke auf die gestaffelten Giebel der Altstadt und die Stiftskirche, die alles überragte. »Der Gebäudekomplex dort drüben«, sagte Beermann, »das ist unser Evangelisches Stift, wo früher die Elite des Landes ihre theologische Ausbildung erfuhr. Die theologische Ausbildung ist bis heute dort verblieben, nicht unbedingt die jugendliche Elite des Landes. Sehen Sie mich an, ich war dort auch kaserniert. Ja, und da vorn, gleich am Ufer, das ist Hölderlins Turm, man kann ihn nicht anschauen, ohne schmerzlich erinnert zu werden an das traurige Schicksal des Dichters.«

»›Weh mir, wo nehm' ich, wenn
Es Winter wird, die Blumen, und wo
Den Sonnenschein …‹«

Feray sah Beermann triumphierend an und lächelte.

»Donnerwetter«, entfuhr es ihm, »Sie geben mir Rätsel auf. Kürzlich die Erwähnung von sufischen Orden in Persien, jetzt die wunderbaren Verse Hölderlins. So was kriegt man doch nicht mit auf der Polizeischule.«

Sie lachte: »Nein, dort nicht. Aber vorher im Gymnasium, wenn man interessiert ist und gescheite Lehrer hat. Auch wenn ich Feray heiße und türkischer Abstammung bin, muss daraus nicht folgen, dass ich bis vor kurzem in Anatolien die Schafe des Familienclans gemolken habe.«

Nun fühlte Beermann sich ertappt und merkte, als er zu ungeschickten Entschuldigungen ansetzte, dass er alles bloß schlimmer machte. Doch Feray war überhaupt nicht beleidigt: »Man muss nicht sufische Weisheiten oder Hölderlins Verse kennen, um Polizistin zu werden«, sagte sie, »aber hinderlich ist das auch nicht.«

Sie bogen ab in die Gartenstraße. Erstaunlich, wie wenige Schritte hinter der Neckarbrücke und der immer bevölkerten Gasse zur Stiftskirche hinauf das quirlige Leben verebbte. Wackernagels Wohnung lag im ersten Stock eines Mietshauses, das man durch einen schmalen Vorgarten betrat. An der Wohnungstür fingerte Feray geschickt mit einem Öffner herum, dann sprang die Tür auf, und sie konnten eintreten. Gleich rechts befand sich ein Raum mit Bücherwänden bis unter die Decke, offensichtlich Wackernagels Arbeitszimmer. ›Wenn Bettina die auf dem Boden verstreuten Ordner und Zeitungsstapel sähe, würde sie nachsichtiger über meine Neigung zum Chaos urteilen‹, dachte Beermann. Der Schreibtisch war beladen mit Büchern, die sich aufgeschlagen übereinander türmten. Beide schlichen auf leisen Sohlen, als ginge es darum, niemanden zu stören. Sie erreichten die Küche. Beermann erstarrte. Hineingezwängt in die Ecke zwischen Herd und Spüle stand sie und duckte sich ein wenig, als könnte es ihr gelingen, sich unsichtbar zu machen. Ihre Augen waren aufgerissen, und sie zitterte fiebrig am ganzen Körper.

»Aisha!«, rief Beermann und trat auf sie zu, um sie bei den Schultern zu fassen und zu beruhigen. Sie erkannte ihn, und sofort löste sich ihre Spannung. Ihr kleines Gesicht bedeckte sie mit beiden Händen und schluchzte wie ein Kind. Beermann, der damit nicht umzugehen wusste, machte Platz für Feray, die die Weinende einfach in ihre Arme nahm und ihr tröstend zuredete. Bei dieser Szene mochte Beermann nicht Zuschauer sein, er wanderte in der Küche umher, blickte aus dem Fenster, fuhr mit der Hand über die Tischplatte und fand eine blaue, halb geöffnete Reisetasche auf der Holzbank dahinter. Das musste Aishas Gepäck sein, schnell zusammengesuchte Habseligkeiten, die sie gebraucht hatte für ihre Flucht. Nun war sie unerwartet zurückgekehrt. Keiner, nicht mal Parler hatte damit gerechnet. Lange konnte sie aber noch nicht in der Wohnung sein, die Tasche stand unausgepackt da, als wäre sie erst vor kurzem dort abgestellt worden.

Unter Ferays behutsamer Anleitung hatte Aisha sich niedergelassen am Tisch. Sie wischte Tränen aus den Augenwinkeln und schluckte vom heißen Tee, den Beermann inzwischen zubereitet hatte. Niemand stellte Fragen. Die Unglückliche erhielt ausreichend Zeit, sich zu sammeln und mit Reden anzufangen, wann sie wollte. Über den Rand ihrer Teetasse blickte sie Beermann an, ergriff Ferays Hand und sagte: »Thomas ist tot, und ich weiß nicht, warum. Als er das Haus verließ, war sein letzter Satz: ›Falls mir etwas zustößt, musst du dich in Sicherheit bringen und Beermann anrufen.‹ Ich habe das gehört, aber nicht verstanden. Was sollte ihm denn zustoßen?«

Sie machte eine Pause, schnäuzte sich und nippte vom Tee. Beermann saß wie auf Kohlen, hielt es aber tapfer aus.

»Den ganzen Abend habe ich auf seine Rückkehr gewartet. Aber er kam nicht. Meldete sich auch nicht. Für den Rest der Nacht habe ich mich hingelegt, aber keine Ruhe gefunden. Bin immer wieder aufgestanden, ins Bad, in die Küche, in sein Arbeitszimmer. Ich hätte mich ohrfeigen mögen, weil ich versäumt hatte nachzufragen, was er eigentlich befürchte und was ihm denn überhaupt passieren sollte. Ich war einfach viel zu durcheinander nach seiner Andeutung.

Am frühen Morgen überlegte ich, wie ich's anstellen sollte, seinen Rat vom Vorabend zu befolgen. Mich in Sicherheit bringen und Beermann anrufen. Ich überlegte gerade, ob es nicht gut wäre, fürs erste mit dir, Helmut, Kontakt aufzunehmen und zu hören, ob du etwas weißt. Da läutete aber das Telefon. Ich lief hin in der Hoffnung, es sei Thomas, leider war es nicht Thomas. Es war eine Stimme, bei der ich sofort den Eindruck hatte, sie sei verstellt. Sie sagte auch nicht viel. In der Hauptsache dies: ›Dein Thomas wird nicht zurückkommen!‹ Dann wurde aufgelegt. Ich stand da und wusste erst nicht weiter. Heiß und kalt wurde mir in kurzen Abständen, und ich hatte das Gefühl, dass mir die Beine versagten, wenn ich mich nicht hinsetzte. Es verhielt sich also tatsächlich so, dass Thomas etwas zugestoßen war. Wahrscheinlich das Schlimmste. Und das nicht aus Zufall. Er hatte es geahnt.«

Feray goss Tee nach und reichte Aisha ein Päckchen Papiertaschentücher.

»Allmählich besann ich mich auf den Rat, den Thomas mir gegeben hatte zum Abschied. Anscheinend war ich jetzt nicht sicher in meiner Wohnung. Ich raffte die wichtigsten Sachen zusammen, die man benötigt für unterwegs, und lief hinüber zum Bahnhof. Aber wo sollte ich hin? Ich überlegte, ob es nicht besser wäre, zur Polizei zu gehen, ließ es aber bleiben, weil Thomas es nicht empfohlen hatte. In Blaubeuren lebte eine Bekannte, auch Muslima wie ich und aus Aleppo gebürtig, bei der meldete ich mich und fragte an, ob ich bei ihr unterkommen könnte für paar Tage. Ich besorgte mir ein Ticket und fuhr nach Sigmaringen, von dort die Donau hinunter bis Blaubeuren. Meine Freundin empfing mich am Bahnhof und war nicht weniger aufgeregt als ich. Aus ihrer Wohnung habe ich dich, Helmut, angerufen und das Treffen vereinbart am Klostersee.«

Beermann wollte fragen, warum sie nicht erschienen sei bei der Hammerschmiede. Er habe dort vergeblich auf sie gewartet, als die Glocke an der Wohnungstür einen Besucher ankündigte. Aisha zuckte zusammen und hob beide Hände wie zur Abwehr eines Angriffs. Feray legte ihr beruhigend eine Hand auf den Arm, stand auf und ging über den Flur zur Eingangstür. Unmittelbar darauf hörte man, wie sie die Treppe hinunter hastete, die Haustür aufriss und auf die Straße lief. Beermann schob die Küchengardine beiseite und spähte hinunter. Er sah Feray mitten auf dem Fahrweg, wie sie stadteinwärts, und gleich darauf in die Gegenrichtung schaute. Kopfschüttelnd drehte sie sich um und kehrte ins Haus zurück.

Sie drückte Beermann eine Plastiktüte in die Hand: »Das hing draußen am Türgriff. Ein Freundschaftspräsent.« Beermann entnahm der Tüte einen weißen Karton, der vermutlich aus einem Zeichenblock gerissen und mit schwarzen Tuschekreuzen an den Rändern markiert war. Die Mitte des Blatts wurde von einer Skizze des Dolchs eingenommen, dessen geschwungener Griff von einem erhabenen Rand eingefasst war und dessen Klinge bronzefarben schimmerte. Ein Abbild der Tatwaffe. Unter den Dolch hatte man eine Zeile in arabischer Schrift gesetzt, die Beermann natürlich nicht entziffern konnte. Er zögerte einen Moment, wollte den Bogen Feray zurückreichen, besann sich aber, dass auch muslimische Türken in der Regel kein Arabisch lesen und verstehen. Aber Aisha konnte es, und an sie war das Ganze adressiert. Er legte die unerfreuliche Sendung vor sie hin auf den Tisch und bat um Übersetzung. Aisha überflog die Zeile mit einem Blick und starrte Beermann entsetzt an.

»Das ist eine Drohung«, flüsterte sie.

»Und was für eine? Was steht da?«

»Da steht: ›Tod allen Feinden Allahs und seines Propheten Mohammed!‹«

»Also doch!«, schnaubte Beermann. »Da ist eine islamische Vergeltungsaktion im Gange und das gleich mit Sippenhaftung. Ob nun ein einzelner dahintersteckt oder eine ganze Bande.« Er war maßlos enttäuscht und zutiefst empört. Enttäuscht, weil sich nun doch wieder ein Klischee in der Realität zu bestätigen schien, gegen das er in ehrlicher Überzeugung angetreten war, immer wieder. Das

Klischee vom gewaltbereiten Islam, der einem schon hinter der nächsten Straßenecke auflauern könnte. Empört war er zugleich über das Ausmaß an zynischer Kaltschnäuzigkeit, die sich da zu erkennen gab und eine wehrlose Frau aus der Fassung zu bringen versuchte.

Aisha war aufgesprungen und hantierte mit fahrigen Bewegungen an ihrer Reisetasche, am Küchenschrank und an diversen Regalen herum. »Ich muss weg von hier«, rief sie, »bloß weg und zwar sofort.«

»Wo willst du denn hin?«, versuchte Beermann einzuwenden. »Dass du in deiner Wohnung nicht bleiben kannst, verstehe ich. Aber willst du nicht zu uns kommen, vorläufig wenigstens? Bettina würde dich gern aufnehmen. Oder mit Feray zunächst einmal aufs Präsidium, vielleicht könnte man dir Polizeischutz geben.«

Doch Aisha hatte ihren Entschluss gefasst. Sie wollte nicht ins Pfarrhaus und nicht ins Präsidium, sie wollte ihre Ruhe und ein Versteck, in dem sie niemand würde auffinden können. »Ich fahre nach Blaubeuren. Aber ich weiß nicht, ob ich dort bleibe.«

Beermann fragte nach der Adresse, damit man Verbindung halten könne, aber Aisha verstummte plötzlich und verschloss sich wie in einem undurchdringlichen Panzer. Die beiden Besucher mussten sich fügen, so schwer es auch war. Feray bot an, die Flüchtende zum Bahnhof zu begleiten und in den Zug zu setzen, wenn sie sich weiter nicht helfen lassen wolle. Eine knappe Stunde später verließ der Zug Richtung Sigmaringen den Tübinger Bahnhof.

Auf der Rückfahrt war die Stimmung im Dienstwagen äußerst gedämpft. Beermann stierte vor sich hin und offenbarte schließlich: »Ich weiß nicht, warum, aber ich habe das Gefühl, eine Menge verkehrt gemacht zu haben.«

Feray nickte: »Ja, vielleicht. Aber ich konnte sie doch nicht festnehmen. Wenigstens hab ich das üble Papier mit der Morddrohung an mich genommen. Das dürfte Parler interessieren. Im Übrigen wird er mich tüchtig in die Mangel nehmen und mir kräftig hinreiben, dass er mein Vorgehen für schlapp und amateurhaft hält.«

»Naja, Sie haben eigentlich nichts falsch gemacht, denke ich.«

»Danke!«

»Aber ich hätte es hinbekommen müssen, ihr Vertrauen zu gewinnen. Nicht mal die Beziehung zu ihrem Mann habe ich angesprochen. Haller hatte angedeutet, dass sie wohl ziemlich gestört sei. Aber davon habe ich bei ihren Äußerungen nichts gespürt. Und dann: Ein paar Auskünfte über ihren Sohn Markus und seinen derzeitigen Aufenthalt hätte ich ihr entlocken müssen. Die Chance ist jetzt erstmal vorbei.«

»Im Grunde schon auffällig, dass sie den Sohn nicht von sich aus erwähnt hat. Man könnte daraus zwei Schlüsse ziehen. Entweder ist die Verbindung zwischen ihr und dem Sohn abgerissen oder sie will ihn schützen.«

Beermann schnaufte und schwieg. ›Feinde Allahs‹, dachte er. Wenn Wackernagel antiislamische Pamphlete geschrieben und an falscher Stelle verteilt hatte, war schon denkbar, dass ihn der Bannstrahl von Beleidigten traf. Aber Aisha? Wenn sie ebenfalls als Feindin Allahs eingestuft wurde, wer waren dann Allahs Freunde? Bärtige Draufgänger, die ihre Liebe zum Barmherzigen mit offenem Messer im Sack beweisen möchten? Betonbekenner? Irregeleitete? Durch Hetzpredigt scharfgemacht und danach ausgerastet?

Als könne sie seine Gedanken lesen, griff Feray ein: »Einstweilen wissen wir gar nichts. Verdachtsgründe mögen vorliegen, aber sie können sich auch rasch wieder verflüchtigen. Natürlich denken Sie an Täter aus dem Fundamentalisten- und Radikalen-Milieu unserer Kreise. Und weil ich Muslima bin, bedeutet es wohl nicht viel, wenn ich mir erlaube, ein Fragezeichen daran zu machen. Was auf der Hand liegt, ist manchmal mit Absicht dorthin geschoben worden, als Täuschungsmanöver. Es gibt Radikale unter den Muslimen, wahrhaftig auch hierzulande. Aber es gibt auch Profiteure, die die Bürgerangst vor islamischem Terror schüren, um so Wasser auf ihre rassistischen Mühlen zu gießen.«

Beermann schluckte und sah seine Chauffeurin erstaunt von der Seite an.

»Ich weiß schon«, fuhr sie fort, »dass dies nicht die Art ist, wie Sie ticken. Sie sind ja nicht borniert. Sie laufen nicht zu Demos von Pegida oder noch dumpferen Veranstaltungen. Sie halten sich eine arabische Familie im Gemeindezentrum und eine Frau, die im Arbeitskreis Asyl tätig ist. Sie treten öffentlich ein für Toleranz und mehr als das: für die Begegnung mit Fremden und Respekt vor ihren Kulturen und Überzeugungen. Aber *ein* Missgeschick, *ein* Vorfall mit verdächtigen Ursachen und Motiven, der Sie persönlich berührt, bringt das ganze schöne Moralgebäude aus dem Gleichgewicht. Das wankt nun und bebt und ist kurz davor zusammenzukrachen. Und weil das so ist, tun Sie vor allem sich selber leid. Ist es nicht so, Herr Pfarrer?«

Beermann hatten Ferays bittere Bemerkungen tiefer in seinen Beifahrersitz gedrückt. Er war vollkommen überrascht von ihrer Heftigkeit. Und von ihrem Zorn, der aus einer schweren Kränkung aufsteigen musste. Seinen ersten Impuls, energisch zu widersprechen, kämpfte er nieder. Einen zweiten, sich beleidigt ins Schneckenhaus zurückzuziehen, wollte er auch nicht zulassen. Irgendwie wäre es gut, einzulenken und Entgegenkommen zu signalisieren, dachte er.

»Sie haben mich jetzt aber ordentlich abgebürstet, Feray.«

»Ja, Entschuldigung. Es hat mich halt aufgeregt, wie Sie in Aishas Wohnung gleich die muslimische Tatverdachtskarte gezogen haben.«

»War aber auch nicht ganz unberechtigt – oder?«

»Auf den ersten Blick nicht. Aber jemand, der nachzudenken und mit Umsicht zu urteilen gewohnt ist, sollte nicht ohne weiteres dem ersten Blick vertrauen.«

›Patsch! Noch eine Ohrfeige als Nachschlag‹, dachte Beermann.

Er verzichtete darauf, das Gespräch fortzusetzen. Auch Feray schien dazu nicht aufgelegt zu sein. Schweigend und übellaunig kurvten sie die Weinsteige hinunter ins Stadtzentrum. Die schöne Lau war eben doch ein Traumgewebe, fand Beermann. Feray ist eine Muslima mit Biss. Sie setzte ihn auf der Straße vor seinem Pfarrhaus ab, grüßte knapp und brauste davon.

Als Beermann zum Bäcker wollte, traf er Tariq im Hof des Gemeindezentrums und wurde zu einem Kaffee eingeladen. Einem Kaffee nach arabischer Art. Die Einliegerwohnung, die ursprünglich für Erzieherinnen gedacht war und dazu im Augenblick nicht gebraucht wurde, bestand aus zwei Zimmern mit Kochnische und Bad. Der Wohnraum mit vergittertem Fenster zum Hof war bescheiden eingerichtet, zwei Sessel und ein Sofa im Stil der fünfziger Jahre waren von Gemeindemitgliedern geliefert worden, einen Couchtisch hatte Bettina aus alten Möbelbeständen im Pfarrhauskeller beigesteuert, und an der Wand klebte eine Stadtansicht von Mossul, die Tariq in einem Reisebüro der Innenstadt erworben hatte.

Er war guter Dinge und goss das rabenschwarze Getränk in winzige henkellose Becher: »In einer Weltgegend, wo Alkohol offiziell geächtet ist, aber deswegen nicht unbedingt gemieden wird, gewinnen andere Köstlichkeiten an Bedeutung. Der süße Naschmarkt zum Beispiel oder eben der Kaffee. Ein Mensch wird menschlicher, wenn er die Gelegenheit bekommt zu genießen.«

»Scheint eine Lebensweisheit quer durch alle Kulturen zu sein«, sagte Beermann. »Die alten Griechen machten sogar eine Philosophie daraus, auch wenn die von den Sittenwächtern nicht gerade bejubelt wurde. Und wir Christen taten uns meist auch schwer mit einer Wertschätzung des Genießens. Dem stand eine ganze Front von Asketen entgegen. Die hielten freiwillige Entbehrung für den Gipfel der Frömmigkeit und sinnlichen Genuss für eine teuflische Versuchung. Mönchtum und Klosterwesen folgten daraus und überhaupt eine tiefe Skepsis aller Sinnenfreude gegenüber.«

Tariq lachte: »Die sufischen Dichter, die doch eigentlich die besseren Muslime sein wollten, sangen fröhliche Gasthauslieder und feierten die Göttergabe des Weins.«

Er erzählte von seinem Leben in Mossul. Sie waren Christen, mussten aber deswegen nicht leiden. Es entwickelten sich Freundschaften über die Religionsgrenzen hinweg. Als er seine Lehrerausbildung abgeschlossen hatte, gründete er mit Freunden ein freies Komitee zur Verständigung zwischen den Religionen. Die Mehrheit bildeten die Muslime, aber es waren auch ein Jude und ein paar Christen dabei.

»Worum ging es?«, fragte Beermann.

Tariq holte tief Luft: »Ja, worum? Um vieles, um alles. Frieden, sagten wir. Ein ewiges Wunschbild, das tausendmal entworfen und abertausend Mal zerstört wurde. Aber gibt es ein anderes Ziel, das lohnender wäre? Auch wenn man mit großer Mühe nur hier und da ein paar Schritte vorankommt?«

»Seid ihr denn in Mossul Schritte vorangekommen, bevor der ›Islamische Staat‹ anfing, alles niederzuwalzen?«

»In vielen Gesprächen haben wir eine Formel entwickelt, die uns miteinander verschwisterte.«

»Eine Formel?«

»Ja, sie lautet: ›Glauben trennt, Weisheit verbindet.‹«

Beermann zeigte, dass er nicht gleich begriff, was gemeint war. Mit einem vieldeutigen »Aha!« nahm er seinen Becher vom Tisch und gönnte sich einen Schluck.

»Formeln komprimieren, was der Erläuterung bedarf«, sagte Tariq. »Wir meinten das so: Religiöse Überzeugungen oder Glaubensbekenntnisse haben natürlich den Sinn der Vergewisserung eigener Identität. Aber sie werden häufig auch wie wehrhafte Burgen genommen, in denen sich Menschen verschanzen, um sicher zu sein. Da führen sie dann ihr Eigenleben und beäugen argwöhnisch, was sich draußen in der Welt ereignet. Und weil sie sich im Grunde immer von Feinden bedroht fühlen, die draußen auch ihre Burgen und Wehrmauern errichtet haben, schärfen sie ihre Waffen und rüsten zum Krieg. Wer aber ständig zum Krieg rüstet, der bricht ihn auch irgendwann vom Zaun. Die Geschichte der Religionen ist voller Belege dafür. In unsren Gesprächen haben wir uns viel mit der Frage befasst, ob diese Art von Glauben wirklich der inneren Substanz unserer Religionen entspricht. Und wir haben gelernt, dass es nicht so ist. Allmählich hat sich unter uns die Einsicht verbreitet, dass es eine tragende Grundlage gibt, auf der alle Religionen ruhen und die deshalb auch alle zusammenführen kann. Und das ist die Weisheit.«

»Ich ahne, wohin es geht.«

»Schön. Wir haben also die Religionen neu zu betrachten gelernt als Schatzhäuser der Weisheit. Wobei mit Weisheit ebenso gemeint ist, was auf menschlicher Erfahrung beruht, als auch, was sich göttlicher Erleuchtung verdankt. Eine Grenze zwischen beidem lässt sich gar nicht exakt bestimmen.«

»Ich denke an die hebräische Überlieferung, wonach Weisheit mit Gotteserkenntnis zusammengeht, wo sie allerdings auch ziemlich triviale Alltagserfahrungen betreffen kann. Wir haben in der Bibel das Buch der Sprüche und Kohelet, von Luther als Buch des Predigers Salomo bezeichnet.«

»Ein Buch voll wunderbarer, allerdings auch etwas depressiv gestimmter Weisheit, übrigens schöne Poesie. Zum Beispiel jene Strophe, die ich besonders liebe und deshalb auswendig kann:

›Sei deines Schöpfers eingedenk
In der Blüte des Lebens,
Ehe die bösen Tage kommen
Und die Jahre sich einstellen,
Von denen du sagen wirst:
Sie gefallen mir nicht!‹«

»Ja, sehr jüdisch und sehr beherzigenswert. Christen können an die Evangelien denken und sie als Zeugnis einer Weisheit lesen, in der göttlicher Geist zum Tragen kommt. Jesus selber konnte als irdische Erscheinung himmlischer Weisheit verehrt werden. Danach hat er zu Einsicht und Erleuchtung verhelfen wollen und nicht zu normativen Bekenntnissätzen.«

»Ich denke an sein buchstäblich entwaffnendes Wort, in welchem er seinen Vater im Himmel bittet, denen zu vergeben, die nicht wissen, was sie tun. Solche Vergebungsfähigkeit, finde ich, ist der vollkommene Ausdruck von Weisheit. Und sie ist die vollkommene Abkehr von allen Formen religiöser Selbstverteidigung. Glaube trennt – Weisheit verbindet.«

Beermann nickte, denn zu dieser Erkenntnis war er auch schon oft gelangt. »Und im Islam?«, fragte er Tariq

»Sie wissen, ich bin Christ und kein Muslim, aber meine muslimischen Freunde haben immer Wert daraufgelegt, dass auch im Islam das geistige Zentrum die Weisheit sei. Am deutlichsten kommt das im Sufismus heraus. Üblicherweise redet man zwar von sufischer Mystik, aber zutreffender wäre es, von sufischer Weisheit zu reden. Und da wird man reich beschenkt, wenn man zum Beispiel Dschalal ud-Din mit dem Beinamen Rumi liest, dem ›Römer‹, der in Ikonium geboren wurde. Nur zwei Kostproben aus Rumis Werk:

›Des Himmels Dach
Ist nicht mit Stroh zu decken.‹

Und mit wehrhaften Konstruktionen aller Art schon gar nicht, möchte ich ergänzen. Mit diesem kleinen Weisheitssatz können Sie den ganzen religiösen Dogmatismus aushebeln, wenn Sie wollen. Oder nehmen Sie diese andere Weisheit:

›Wie könntet ihr die Perle finden,
da ihr getrennt vom Meere seid?‹

Ich finde das einfach wunderbar. Und muslimisch so gut wie christlich und jüdisch. Alle Religionen sollten aufpassen, dass sie nicht für Perlen ausgeben, was keine sind. Echte Perlen züchtet man nicht in Reservaten fern vom Meer. Sie sind bloß denen verheißen, die zum Meer hin aufbrechen.«

Beermann war beeindruckt. Er überlegte, wann er zuletzt ein Gespräch über Religion geführt hatte, das ihn in ähnlicher Weise anregen konnte. Er erhob sich und dankte für den Kaffee.

»Ja, und noch etwas«, sagte er, »Sie wurden kürzlich von Hauptkommissar Parler vernommen, im Zusammenhang des Mordfalls beim Pfarrhaus. Eine peinliche Sache.«

»Ach, gar nicht schlimm, Herr Pfarrer. Ich habe ja nichts zu verbergen und der Polizist hat bloß seinen Job gemacht.

Außerdem ist Ihre Frau ihm in die Parade gefahren wie ein bissiger Kettenhund dem armen Briefträger.« Er lachte.

»Ich weiß«, grinste Beermann, »es empfiehlt sich nicht, Bettina zu reizen.«

Trotz heftigen Widerstands hatte Beermann sich nicht durchsetzen können. Er fand es stillos, angesichts der brutalen und bislang ungeklärten Mordsache auf Durchführung des Gemeindefestes zu bestehen. Aber der Kirchengemeinderat überstimmte ihn. Das Fest habe seinen gewohnten Platz im Kalender und auch im Bewusstsein der Gemeinde, hieß es. Außerdem werfe es Einnahmen ab, auf die nicht verzichtet werden könne. Der Kindergarten stecke längst in aufwendigen Vorbereitungen und dürfe nicht enttäuscht werden. Ganz abgesehen davon, dass man bestimmt den Missmut der Eltern zu spüren bekäme, die die Aufführungen ihrer Kinder bewundern wollten.

Beermanns Argument, dass er's ziemlich pietätlos finde, sozusagen mit einer Leiche im Keller vergnügt auf dem Parterre zu tanzen, verfehlte die gewünschte Wirkung. Man war entschlossen, das Programm wie geplant abzuwickeln und so zu tun, als ob sich gar keine Mordgeschichte abgespielt hätte. Überempfindlich zu sein, sei nicht angebracht.

Überempfindlich! Der Sonntag zog herauf und er war grau und nasskalt wie im tiefen November. Beermann dachte an seine Abstimmungsniederlage im Kirchengemeinderat und genoss jetzt die Genugtuung: Das habt ihr also davon!

Das Singspiel in der Kirche fand den gewohnten Zuspruch, begünstigt dadurch, dass Mesner Wilhelm ordentlich eingeheizt hatte. Die Mädchen in bunten Röcken und die Buben in kurzen Lederhosen sangen nach Kräften und mussten nicht frieren. Sie spielten und erzählten von Heidi in den Schweizer-Bergen, und Beermann musste in seiner knapp bemessenen Ansprache nachher einige Mühe aufwenden, um entfernte Verbindungen zu biblischen Gehalten herzustellen.

Mittags wurde die übliche Mahlzeit ausgegeben: Maultaschen in der Brühe oder geschmelzt mit Kartoffelsalat, und im Gemeindesaal, in dem zahlreiche Tische aufgeschlagen waren, herrschte ein fröhlicher Tumult. Für die, die's nicht abwarten konnten, standen im Hintergrund bereits Kuchenteller und Kaffeekannen bereit. Beermann bedauerte, an diesem Tag mal wieder um seinen Mittagsschlaf gebracht zu werden. Bettina wuselte durch die Reihen, führte Regie bei der Essensausgabe, beschwichtigte die Erregten, ermunterte die Trägen und ließ sich manchmal einfangen zu kleinen Plaudereien am Rande. Für Tariqs Familie hatte sie einen bevorzugten Fensterplatz reserviert und bestand darauf, dass sie sich nicht selber bedienen mussten, sondern von ihr persönlich bedient wurden. Beermann verfolgte das Manöver aus der Distanz und wusste, dass es nicht rundherum mit Beifall bedacht wurde. Sagen würde niemand etwas, aber heimlich grummeln dürften manche und sogar zu dem Schluss kommen, dass die Pfarrfrau eben eine von den Gutmenschen sei, die den andern immerfort demonstrieren müssen, wie vorbildlich sie handeln.

Wegen der trüben Witterung musste das ganze Nachmittagsprogramm in den Saal verlegt werden, was Engpässe im Ablauf unvermeidlich machte und bei verantwortlichen Mitarbeitern zu Schweißausbrüchen führte. Die Alten hockten wie festgenagelt auf ihren Stühlen und dachten nicht daran, ihren zum Essen eroberten Platz aufzugeben. Der Lärm wurde zeitweise ohrenbetäubend. Chor und Posaunen mussten mit ihren Beiträgen warten, weil der Mittagstisch nicht zur vorgesehenen Zeit geräumt war, und der Dekan, der einen kurzen Festbesuch angekündigt hatte, bekam überhaupt keine Gelegenheit, sein Grußwort abzusetzen. Beermann hatte sich mehr oder weniger zurückgezogen, verweilte überflüssigerweise, aber ausgiebig auf der Toilette im Untergeschoss, wo er seine Ruhe hatte, und zählte die einen Stunden, die er bereits abgedient, sowie die anderen, die er noch zu bewältigen hatte. Weil ihm vorher nicht eingefallen war, an seinen stillen Ort eine Zeitung oder sonst etwas Lesbares mitzunehmen, wurde ihm allmählich langweilig und er trat tapfer den Rückweg an in die Zonen des Sturms.

Am Ende der Treppe sah er, und glaubte erst, seinen Augen nicht trauen zu dürfen, dass Hauptkommissar Parler in der geöffneten Saaltür stand und unruhig hin und her spähte. Parler hier … und jetzt, mitten am Sonntagnachmittag, was sollte das?

Er näherte sich dem Hauptkommissar, klopfte ihm auf die Schulter und wurde von dem deutlich erregten Polizisten sofort beim Arm genommen und in einen kleinen Nebenraum gezogen.

»Jetzt setzen Sie sich erst mal«, sagte Parler. Als sie auf

zwei Stühlchen aus dem Kindergarten Platz genommen hatten, legte er los: »Aisha Wackernagel. Seit Tagen war ich dabei, ihre Unterkunft in Blaubeuren herauszufinden. Hat am Ende sogar geklappt. Aber der Vogel war bereits wieder ausgeflogen. Mit unbekanntem Ziel, wie ihre Gastgeberin beteuerte. Ich war stocksauer, weil ich wieder einen Weg umsonst gemacht hatte und weiter im Nebel herumstocherte. Aisha muss der Schlüssel zur Lösung unseres Problems sein, doch nun ist sie längst selbst zu einem Teil des Problems geworden. Ich fuhr zurück zum Präsidium und dachte unterwegs verzweifelt nach über Möglichkeiten, der Frau auf die Spur zu kommen. Wahrscheinlich würde kein Weg daran vorbeigehen, sie zur Fahndung auszuschreiben. Als ich mein Büro betrat, fand ich eine Nachricht auf meinem Schreibtisch. Von der Polizeistelle in Gundelsheim.«

»Am unteren Neckar«, ergänzte Beermann, »auf der anderen Seite des Flusses liegt die Burg Guttenberg mit ihrer Falknerei.«

»Richtig. Die Nachricht aus Gundelsheim war kurz, aber heftig. Es habe einen Verkehrsunfall gegeben, nicht weit von der Schleuse, in Richtung Bad Wimpfen. Bei der Frau am Steuer des Kleinwagens, der von der Straße abgekommen und über die Leitplanke hinweg in den Graben gestürzt sei, habe man bloß noch den Tod feststellen können. Ihren Papieren nach handle es sich um eine gewisse Aisha Wackernagel aus Tübingen.«

Beermann war blass geworden und stierte vor sich hin.

»Ich muss sofort nach Gundelsheim und die näheren Umstände prüfen, die zum Unfall geführt haben«, sagte Parler, »und ich möchte Sie bitten mitzukommen.«

Beermann schaute hoch und fragte verwundert: »Mitkommen? Ich? Wieso denn das?«

»Wegen Haller«, erklärte der Hauptkommissar ohne Umschweife. »Gundelsheim liegt auf der Strecke von Heilbronn nach Heidelberg. Es kann kein Zufall sein, dass Aisha Wackernagel gerade dort unterwegs war. Natürlich mit dem Kleinwagen ihrer Gastgeberin in Blaubeuren, was die uns vorsätzlich verschwiegen hat. Ich bin überzeugt, dass Aisha auf dem Weg zu Haller gewesen ist oder – wahrscheinlicher – sich bereits auf dem Rückweg von dort befand.«

»Sie glauben überhaupt nicht an einen Unfall«, warf Beermann ein.

»Nun ja, Unfälle haben ihre Ursachen. Sie können selbstverschuldet sein durch Alkoholgenuss oder momentane Unaufmerksamkeit, Ablenkung durch etwas Auffälliges neben der Straße. Sie kommen ebenso durch Fremdverschulden zustande, wie durch den waghalsigen Überholvorgang eines blödsinnigen Rasers oder durch gezielte Manipulation an Lenkung oder Bremsen des verunglückten Fahrzeugs. Viele Möglichkeiten.«

»Und weshalb Haller?«

»Haller weiß mehr, als er Ihnen anvertraut hat, Beermann, da bin ich sicher. Und wenn Aisha Wackernagel in ihrer Bredouille auf eigene Faust und heimlich nach Heidelberg fuhr, dann liegt doch auf der Hand, wen sie aufsuchen wollte.«

»Aber Sie wissen es nicht.«

»Selbstverständlich *weiß* ich es nicht. Darum will ich doch hin, um Gewissheit zu haben, so oder so. Sie brauche ich, weil Sie Haller kennen und das Umfeld Ihres

Theologenvereins, aus dem die Bekanntschaft zwischen Haller und Wackernagel stammt. Der Herr Dozent in Heidelberg ist übrigens im Bilde über unseren Besuch. Ich habe uns telefonisch angekündigt.«

Beermann war gewonnen und sagte, er müsse nur eben den Vorsitzenden des Kirchengemeinderats verständigen.

Ostendorf traf er bei der Kaffeemaschine, ersparte sich ausführliche Erklärungen, die doch bloß zu endlosen Fragen Anlass gegeben hätten, und sagte: »Ostendorf, tut mir leid, aber ich muss jetzt aus dringenden Gründen weg.«

Der Vorsitzende sah ihn aus ungläubigen Augen an: »Sie können doch jetzt nicht einfach weg, Herr Pfarrer!«

»Im Gegenteil, ich kann jetzt einfach nicht bleiben«, erwiderte Beermann, machte auf dem Absatz kehrt und stürmte mit Parler zum Parkplatz.

Auf der Strecke durch die Stadt schwiegen beide. Parler konzentrierte sich auf den regen Verkehr, und Beermann grübelte in sich hinein. Aisha war tot. Und er hätte es bei größerer Entschlossenheit verhindern können. Es war ein Fehler, Aisha laufen und in den Zug nach Blaubeuren steigen zu lassen, obendrein ohne ihre dortige Adresse in Erfahrung gebracht zu haben. Es war dilettantisch und verantwortungslos gewesen. Im Grunde hatte er sich hinter Feray versteckt, die als Polizistin in erster Linie zuständig war. Das war bequem für ihn gewesen, aber auch verhängnisvoll, wie sich nun zeigte. Er hatte schlicht und einfach versagt. So war es. Aisha könnte leben, wenn er mehr Mumm in den Knochen gehabt hätte. Und wenn es ihm schon nicht gelingen konnte, die verängstigte Frau zu sich ins Pfarrhaus zu bringen, hätte er wenigstens darauf bestehen müssen, mit ihr zusammen in den Zug zu steigen und sie am Zielpunkt in Blaubeuren abzuliefern. Dann hätte er auch ihre Adresse gewusst. Und lebensgefährliche Exkursionen der armen Frau vielleicht vereiteln können.

Er dachte an die islamische Überzeugung von der Schicksalshaftigkeit des Lebens. Jede Tat und jedes Widerfahrnis sind vorbestimmt. Das war ihm immer sehr fatalistisch erschienen und wie eine religiöse Doktrin, die keine Freiheit erlaubt und die man deshalb bloß ablehnen kann. Aber gab es im Christentum nicht Vergleichbares? Die Lehre von der Prädestination vor allem, der seiner Kenntnis nach sogar ein aufgeklärter König in Potsdam einiges abgewinnen konnte. Womöglich stürzte der Alte Fritz sich unbekümmert von einer Schlacht in die andere, weil er sein Schicksal von vornherein besiegelt sah, auf die eine oder andere Weise. Und Aisha? War ihre Angst vor tödlicher Bedrohung ein Zeichen ihres Unglaubens – oder doch nur eine natürliche Reaktion, über die sie nicht Herr werden konnte? Was trieb sie zu ihrer Autofahrt den Neckar entlang: Panik oder Entschlossenheit, das Schicksal herauszufordern?

Als sie hinter Zuffenhausen die Auffahrt zur Autobahn erreicht hatten, sagte Beermann: »Der Unfall bei Gundelsheim könnte ein Zufall gewesen sein.«

»Glauben Sie an Zufälle, Herr Pfarrer?«

»Ich meine damit bloß: Er muss nicht mit Absicht herbeigeführt worden sein, weder von der Fahrerin selbst noch von einem, der sie schädigen oder umbringen wollte.«

»Klar. Alles ist offen. Und auch wiederum merkwürdig. Erst wird der Mann erstochen, wenig später verunglückt seine Frau, die gewaltig unter Druck stand, weil sie Gründe hatte, sich bedroht zu fühlen.«

»Sie kann einen Aussetzer gehabt haben bei ihrer Rückreise von Heidelberg.«

»Ja, durchaus. Aber vielleicht erfolgte auch dieser Aussetzer nicht ohne Anlass. Weil der Besuch in Heidelberg sie aufgewühlt haben könnte.«

»Sie haben jetzt auf einmal diesen Dr. Haller im Verdacht. Warum eigentlich?«

»Weil Aisha mit einem großen Ausrufezeichen auf ihn hingewiesen hat.«

»Bloß deshalb?«

»Erinnern Sie sich? Ihren eigenen Ausführungen zufolge hat er sich ziemlich angestrengt, den ermordeten Wackernagel ins Zwielicht zu rücken. Nach dem Motto: Der Tote ist selber schuld. Das schmeckt mir nicht und ich schlucke es nicht einfach runter. Dann das Pseudonym Herbert Kattner. Wir recherchieren im Augenblick, ob es sich tatsächlich um ein Pseudonym von Wackernagel handelt. Sollte sich ergeben, dass dies gar nicht zutrifft, bekommt der Doktor für Orientalistik ein Problem.«

»Bisher sind Sie aber von der Hypothese ausgegangen, dass bei dem Mordfall ein muslimischer Hintergrund zu vermuten sei.«

»Bin ich nach wie vor. Das Tübinger Warnschreiben an Aisha in arabischer Sprache und mit der gezeichneten Anspielung auf den Bronzedolch ist ein starker Fingerzeig.«

»Die arabischen Worte besagen nicht viel, Haller ist Orientalist. Dem fällt es nicht schwer, Arabisch zu schreiben.«

»Also doch wieder Haller?«

Beermann stöhnte: »Es ist zum Verzweifeln. Dass Haller in diese Geschichte verwickelt sein soll, will mir nicht in den Kopf. Und dass irgendwer aus der islamischen Radikalenszene in Betracht käme, leuchtet mir ebenfalls nicht ein. Eine Bluttat wegen eines entlegenen, unwichtigen Zeitschriftenartikels? Oder meinetwegen auch wegen mehrerer seiner Art? Das kommt mir vor wie die Sache mit den Juden vergangener Tage: Wenn irgendwo was Ungewöhnliches oder Verwerfliches passierte, wusste man gleich, wer dahintersteckte!«

»Sie sind Pfarrer, ich bin Polizist, da sehen wir die Dinge naturgemäß verschieden. Die Gefahr durch radikalisierte Muslime ist nicht zu unterschätzen, sage ich Ihnen, auch in unserem Lande nicht. Die Leute vom Geheimdienst schnüffeln in den einschlägigen Milieus herum wie die Wildsäue im Eichenhain. Sie buddeln ja auch manches aus der Erde, aber das meiste bleibt trotzdem verborgen darunter, und was ans Licht kommt, ist oft genug blanker Irrtum und nicht zu gebrauchen. Da mache ich mir keine Illusionen. Plötzlich tut's einen Knall, der unschuldige Opfer zurücklässt, und kein Aas hat's vorhergesehen oder bloß einen Schimmer davon gehabt. Und wenn jetzt die Zeitungen voll sind von Gräueln im fernen Syrien, dann unterschlägt man die Tatsache, dass bei uns auch der Terror hochgehen kann wie ein Blindgänger, auf den ein ungeschickter Fuß getreten ist. Die Minen sind gelegt, Beermann, und sie sind untereinander verdrahtet, und die sie zünden können, laufen scheinbar harmlos an dir vorbei in der Einkaufspassage oder sonnen sich auf dem Rasen im Schlossgarten. Der lange Arm von Al Qaida und Taliban und ›Islamischem Staat‹ samt schlagkräftiger Untergruppen reicht weit und zuckt weiß Gott nicht zurück, wenn er an Deutschlands Grenzen stößt. Da werden wir uns noch wundern und die Augen reiben, mein Lieber. Und uns nachher fragen, wie wir bloß so unbedarft und gutgläubig sein konnten, praktisch nichts zu unternehmen.«

»Ein Schreckensszenario, Parler. Man kann's ähnlich aufgestellt finden bei allen, die mit der Angst Politik machen und die am liebsten das Kind mit dem Bade ausschütten möchten, sprich: Die gesamte Zuwanderung von außen stoppen, wenn sie schon nicht rückgängig zu machen ist. Wegen ein paar verdächtiger Elemente, die sich in der großen Masse verstecken.«

Sie waren weit davon entfernt, einer Meinung zu sein.

Vor dem Ortseingang nach Gundelsheim passierten sie die Unfallstelle. Das Autowrack hatte man aus dem Graben gezogen und am Straßenrand abgestellt. Jetzt standen Neugierige dabei und bestaunten den Schrotthaufen, während Männer vom Abschleppdienst ihre Vorbereitungen trafen, das Ganze wegzuschaffen.

»Wollen Sie nicht anhalten und den Unfallwagen inspizieren?«, fragte Beermann.

»Lohnt nicht«, winkte Parler ab, »und ist außerdem nicht meine Aufgabe.«

Auf der örtlichen Polizeiwache empfing man den Kriminalbeamten aus der Landeshauptstadt mit Respekt und wunderte sich, nachdem er Beermann vorgestellt hatte, dass er seine Ermittlungen unter Assistenz eines Geistlichen durchführte.

Bald stellte sich heraus, dass der Unfallhergang eindeutig rekonstruiert werden konnte, zumal es übereinstimmende

Aussagen von Augenzeugen gab. Der Wagen war mit überhöhter Geschwindigkeit von Heidelberg kommend in Richtung Heilbronn unterwegs und plötzlich ins Schleudern geraten, auf Höhe der Abbiegung zur Gundelsheimer Ortsmitte. Ursache dafür war anscheinend ein Traktor mit Anhänger, der vom Ort her auf die Landstraße einbiegen wollte und dessen Fahrer das Tempo des Kleinwagens unterschätzt hatte. Trotzdem gelang es ihm, sein Fahrzeug rechtzeitig anzuhalten, so dass die Fahrspur Richtung Heilbronn frei blieb und eine Kollision vermieden werden konnte. Die Führerin des Pkw muss jedoch durch die Situation derart irritiert gewesen sein, dass sie die Kontrolle über ihren Wagen verlor, ins Schleudern geriet, den Kühler des Traktors streifte, nach links auf die Gegenfahrbahn schoss, kräftig gegensteuerte und rechts über die Leitplanke in den Graben stürzte. Mehrere Zeugen aus nachfolgenden und entgegenkommenden Autos hielten an der Unfallstelle und bemühten sich, der Verunglückten zu helfen. Es war aber zu spät.

»Wo ist die Leiche?«, fragte Parler.

»Schon unterwegs nach Tübingen, in die Pathologie.«

Beermann war froh, dass er die Tote nicht ansehen musste. Ihn erfüllte eine unüberwindliche Scheu vor der Begegnung mit Verstorbenen, und er umging sie, wo immer es sich einrichten ließ. Bettina hänselte ihn deswegen: ›Ein Pfarrer mit Berührungsangst vor Toten‹, sagte sie dann immer. ›Du bist von Amts wegen ein großer schwarzer Totenvogel, aber mit dem Herzen eines Hänflings im Leibe.‹

In Gundelsheim standen momentan keine weiteren Untersuchungen an. Parler wandte sich an Beermann: »Auf geht's! Zu Haller nach Heidelberg.«

Sie wurden erwartet, aber nicht herzlich empfangen. Haller führte sie durch seine geräumige Wohnung in der Weststadt, zu der man mit dem Lift gelangte und die einen weiten Blick zur Mannheimer Rheinebene hinaus gewährte, in einen Raum mit Erker und drei Sitzgelegenheiten um einen niedrigen runden Tisch. Ein Tee war vorbereitet, Kanne und Tassen standen an ihrem Platz. Keiner sprach mehr, als die Höflichkeit verlangte. Beermann hatte sich überhaupt vorgenommen, den Mund zu halten, wenn er nicht direkt gefragt wurde, und Haller verfolgte offensichtlich die Taktik eines vorsichtigen Abwartens. Er bot Tee an und ließ durchblicken, dass seine Zeit begrenzt sei, weil er Seminarverpflichtungen nachzukommen habe.

Seiner Gewohnheit entsprechend verzichtete auch Parler auf lange Umschweife, erklärte mit einer dürftigen Entschuldigung ihre Besuchsabsicht und bat um Verständnis, wenn sie im Zuge laufender Untersuchungen bei Haller vorstellig würden.

»Wo ich helfen kann, helfe ich gern«, sagte der.

»Am Telefon habe ich Ihnen ja bereits mitgeteilt, dass Aisha Wackernagel tödlich verunglückt ist. Eine furchtbare Geschichte. Erst wird ihr Mann umgebracht, dann taucht sie aus schierer Angst unter und landet schließlich mit ihrem völlig zertrümmerten Auto im Straßengraben. Gar nicht weit entfernt von hier. Bei Gundelsheim. Vorher war sie wohl in Blaubeuren. Wenn ich eine Reiseroute von Blaubeuren über Gundelsheim fortführe, komme ich nach Heidelberg. Und darum meine erste Frage, Herr Haller: War Aisha Wackernagel bei Ihnen?«

Haller erhob sich, nahm aus dem Glasschrank eine Silberschale mit Keksen, setzte sie auf den Tisch und bot davon an: »Sie war hier, aber nur kurz. Nicht mal eine halbe Stunde.«

»Was wollte sie?«

»Auskünfte. Irgendwelche Anhaltspunkte für den Mord an ihrem Mann. Sie war sehr erregt und schwer zu beruhigen. Und sie war angereist in der vagen Annahme, ich könnte ihr etwas über die Hintergründe seines gewaltsamen Todes mitteilen.«

»Konnten Sie?«

»Herr Kommissar, ich bitte Sie! Alles, was ich ihr sagen konnte, betraf Fachliches, das ich bei Wackernagel beobachtet hatte. Davon habe ich Beermann bereits erzählt. Er wird es an Sie weitergegeben haben.«

Parler nickte: »Der antiislamische Artikel.«

»Genau. Ich habe Aisha klargemacht, dass ich zu ihrem Mann praktisch kein persönliches Verhältnis unterhalten habe. Wir schrieben uns manchmal, trafen uns aber so gut wie nie.«

Parler kaute einen Keks und lehnte sich im Sessel weit zurück: »Das ist eine ordentliche Strecke von Blaubeuren nach Heidelberg, finde ich. Erst recht für eine Frau, die sich in einer ziemlich panischen Stimmung befand. Sie muss sich doch mehr versprochen haben von ihrem Besuch bei Ihnen.«

Haller zuckte mit den Achseln: »Mag ja sein. Aber dann musste ich sie eben enttäuschen. Und enttäuscht ist sie auch gegangen.«

»Im Gespräch mit Beermann – er wird es bestätigen – haben Sie angedeutet, dass Sie einen islamischen Anschlag auf Wackernagel für möglich hielten. Eine Art Vergeltungsaktion aus religiösen Motiven.«

»Das habe ich Beermann gegenüber geäußert, ja. Eine ganz ungesicherte Hypothese. Und ein Schnellschuss, den ich besser unterlassen hätte. Aisha habe ich nichts dergleichen gesagt.«

»Es kann natürlich der pure Zufall sein, dass sie auf dem Rückweg verunglückte. Jedenfalls war sie mit überhöhter Geschwindigkeit unterwegs. Und reagierte bei einem kleinen Zwischenfall, dem Einschwenken eines Traktors auf die Fahrbahn, völlig kopflos. Haben Sie eine Erklärung dafür?«

Haller massierte sein Kinn mit der rechten Hand: »Ich habe ihr gesagt, dass Wackernagel nicht mein Freund gewesen sei und dass ich ihn …«

In diesem Augenblick öffnete sich eine Tür direkt gegenüber dem Erker, in dem sie Platz genommen hatten. Haller, mit dem Rücken zum Wohnraum, warf den Kopf herum, die beiden anderen hatten freies Blickfeld und sahen einen jungen, verschlafenen Mann im Türrahmen stehen, der sichtlich überrascht und unschlüssig war, wohin er sich wenden sollte. Sein schwarzes Haar stand in Wirbeln vom Kopf ab, das bunte Hemd hing unordentlich über dem Hosenbund seiner Jeans, und die Füße waren nackt. Sein Gesicht zeigte einen Anflug von Erschrockenheit, er murmelte etwas, das eine Entschuldigung darstellen mochte, verschwand wieder in seinem Zimmer und schloss die Tür hinter sich.

Haller hielt offenbar eine Erklärung für angezeigt. Er lachte: »Das war Ahmed. Ich habe vergessen zu erwähnen, dass er bei mir wohnt. Gab im Grunde ja auch keinen

Anlass dazu. Aber da er sich nun mal selbst ins Spiel gebracht hat: Er ist ein Flüchtling aus dem Irak, aber nicht erst seit kurzem. Sein Asylantrag ist bewilligt, und er studiert an unserer Universität. Orientalistik. Dafür bringt er natürlich beste Voraussetzungen mit, verdient sich sogar etwas dazu mit Arabischkursen. Er ist sehr gescheit und ehrgeizig. Weil ich ihn mag und ihm helfen möchte, hab ich ihm ein Zimmer eingeräumt in meiner Wohnung. In Heidelberg gibt's bekanntlich viel zu wenig Studentenbuden.«

Parler schaute nachdenklich, unterließ jedoch Rückfragen und nahm den Faden ihres Gesprächs noch einmal auf: »Gut. Aisha. Gab es noch etwas, bevor sie fortging?«

»Nun ja, ich habe ihr gesagt, dass Wackernagel nicht mein Freund war und dass ich auch nicht wisse, ob er überhaupt einen Freund gehabt habe.«

»Was Tröstlicheres für die Frau ist dir nicht eingefallen?« Beermann konnte sich die Bemerkung nicht verkneifen.

»Bin ja kein Seelsorger wie du«, gab Haller zurück und verzog keine Miene.

Wütend knallte Parler die Wagentür zu, kurvte ohne Blinksignal aus der Parklücke und preschte davon. »Der ist kalt wie eine Hundeschnauze, dieser Haller, und ich nehme ihm kein einziges Wort ab, das er von sich gegeben hat. Als ob Aisha von der Rolle gewesen wäre, weil er Wackernagels Talent für Freundschaften in Zweifel zog. Schmarrn! Da muss er schon einen anderen Hammer rausgeholt haben, der sie schwer verletzt und davongejagt hat.«

»Haben Sie eine Vorstellung?«

»Nee, aber den Instinkt. Wenn du den Instinkt nicht hast, sollst du die Finger lassen von meinem Job. Und besser Bleistifte spitzen oder an den Nägeln kauen im klimatisierten Büro.« Wiederholt trommelte er mit den Fingern aufs Lenkrad. »Auf alle Fälle steckt dieser Haller mitten drin in der Sache und weiß eine Menge mehr, als er uns auftischt. Aber was weiß er und warum lässt er uns gegen die Wand laufen? Und, sagen Sie, Beermann, ist der Herr Dozent am Ende schwul?«

»Sie meinen – wegen Ahmed?«

»Natürlich. Wohnt und pennt mit ihm unter einem Dach. Und eine Frau im Hause gibt es nicht.«

»Muss ja nichts bedeuten. Vielleicht hat sich überraschend seine soziale Ader geregt, als der junge Iraker bei ihm auf der Matte stand.«

Es war Bettinas Idee, Tariq und seine Familie zu einem Sonntagsausflug auf die Alb einzuladen. Gleich nach Mittag ging's los, weil die Tage schon merklich kürzer wurden. Tariq saß vorn neben Beermann, die Frauen und Kinder drängten sich zu viert auf den Rücksitzen, auch wenn das nicht ganz den Verkehrsvorschriften entsprach. Beermann war's egal, und der guten Laune im Wagen tat es keinen Abbruch. Die Kinder testeten den Inhalt von Überraschungseiern, die Bettina ihnen zusteckte, und Tariqs Frau war schweigsam, aber glücklich.

»Landschaften prägen Kulturen, und Kulturen prägen Landschaften«, sagte Tariq, als sie durchs Uracher Tal fuhren, mit seinen bewaldeten Hängen auf beiden Seiten. In den höheren Lagen waren die Bäume zum Teil bereits entlaubt, und darunter zog sich ein breiter Streifen rostbrauner Farbe das Tal entlang, als sei sie mit gewaltigen Pinseln hingestrichen worden.

»Sie werden es kaum verstehen«, fuhr Tariq fort, »aber ich muss es erst lernen, diese Landschaft schön zu finden. Sie ist mir fremd und sie macht mich auch ein wenig traurig. Denn ich merke, wenn ich mich umschaue, dass sich ganz andere Landschaften in mir abgebildet haben: Die offenen, unendlich weiten Ebenen am Tigris und ein Himmel darüber, der wie ein schützendes Dach ist und trotzdem überhaupt nicht bedrängend wirkt. Man steht da und kann atmen, tief atmen ohne Ende, und es gibt keinen Blick in die Ferne, der nicht auch ein Blick in die eigene Seele wäre.«

Beermann wies auf die Burgruine Hohenurach hin, auf die er zusteuerte, und zum Wasserfall hinüber, der von der Albhöhe herabstürzt und nach einem trockenen Sommer zu einem schütteren Rinnsal werden kann. Der Fußweg dorthin sei jedoch zeitraubend, so dass man sich dieses Naturschauspiel versagen müsse, er habe ein anderes Ziel im Kopf.

Hinter Urach folgte die Straße weiter dem Taleinschnitt, bis Beermann links abbog und die Steigung nahm, die eng und kurvenreich auf die Höhe führt. Wo er eigentlich hinwolle, erkundigte sich Bettina von hinten. »Zur Rulaman-Höhle«, sagte Beermann, »einem archäologischen Platz aus unserer Kulturgeschichte, sehr im Unterschied zu vergleichbar alten Plätzen an Euphrat und Tigris.« Die

Höhle sei zugänglich, werde aber selten besucht, sie liege zu weit ab von touristischen Wegen. Eine große Taschenlampe habe er dabei, damit könne man ein gutes Stück in die Finsternis des Berges vordringen, für Kinder ein willkommenes Abenteuer, seiner Erfahrung nach. Der Rulaman, von dem die Höhle den Namen habe, sei eine Sagengestalt aus prähistorischer Zeit, der mit seiner Sippe auf der Alb gehaust und seine Kämpfe mit übermächtigen Tieren und feindlichen Urmenschen ausgefochten habe.

Von den Resten der alten Burg Hohenwittlingen her stieg Beermann einen unscheinbaren Waldpfad abwärts, der sie dem gewünschten Ziel näherbrachte. Die Kinder pflügten mit ihren Füßen lange Furchen durchs Herbstlaub, und Tariqs Frau bildete zaghaft das Ende der kleinen Kolonne und war ängstlich besorgt, keinen Fehltritt zu tun. Nach ein paar engen Serpentinen erreichten sie einen glatt gestampften Freiplatz, und gleich dahinter öffnete sich der dunkle Rachen im Berg. Beermann freute sich, dass er seinen Gästen eine echte Attraktion bieten konnte, schwenkte die Taschenlampe in der Luft und ermunterte die Kinder, ihm zu folgen. Neugierig machten sie ein paar Schritte vorwärts, blieben jedoch am Einstieg zum finsteren Loch unschlüssig stehen, drehten sich in einer heftigen Bewegung plötzlich um und liefen schreiend, beide Hände auf den Ohren, davon. Beermann stand fassungslos auf der Stelle, während Bettina, gefolgt von Tariq, den Kindern nachstürmte, sie einholte, festhielt und umarmte. Als sie zurück waren, die Kinder unter Tränen, Tariq verstört und mit fahlem Gesicht, warf Bettina ihrem Mann einen giftigen Blick zu und raunte im Vorbeigehen: »Was bist du doch für ein Esel, Helmut!«

Im Bereich der Burgruine kamen sie zur Ruhe. Dort gab es versteckte Winkel, in die man sich zurückziehen und geborgen fühlen konnte. Die Frauen hockten mit den Kindern auf der Erde, erzählten und machten Spiele.

Beermann nahm Tariq zur Seite, setzte sich mit ihm auf den Sockel der alten Burgmauer und schaute betreten ins Tal hinunter: »Tariq, tut mir leid, ich hab da einen ziemlichen Blödsinn veranstaltet.« Der Iraker hatte sich längst wieder gefangen und lächelte freundlich: »Sie konnten es doch nicht wissen und haben's gut vorgehabt mit den Kindern. Aber das Entsetzen schläft in ihnen wie ein reißendes Tier. Beim geringsten Anlass schreckt es auf und überfällt die Armen, dass sie bloß noch schreien und davonlaufen können.«

»Ein Trauma.«

»Sicher. Meine Frau und ich bemühen uns, über vergangene Erlebnisse zu schweigen, um die Ungeheuer in den Kindern nicht zu reizen und hervorzulocken. Aber es gelingt nicht immer.«

»Vor allem, wenn ein Trottel wie ich zu einem Abenteuer einlädt, das den Kindern erspart werden sollte. Sie hatten Abenteuer genug.«

»Allerdings. Der dunkle Höhleneingang wurde auf einmal zum Anlass einer schockartigen Erinnerung. Das ist dann plötzlich alles wieder da: diese Tage und Nächte der Angst in Mossul. Wir verkrochen uns vor den Angriffen der Dschihadisten in dunklen Kellerlöchern, und die tiefsten und schwärzesten waren die besten. Wirklich sicher war damals keine Menschenseele in der Stadt, aber die Christen hatten am meisten zu fürchten. Nicht von den Muslimen in Mossul, sondern von den schwer bewaffneten Eindringlingen, die ganz unberechenbar waren und über Leichen gingen.«

Tariq unterbrach seine Erzählung und sah zu Bussarden auf, die gelassen und wie schwerelos über dem Tal kreisten.

»Sie brauchen nicht weiter zu berichten, ich kann mir denken, dass es schwer fällt«, sagte Beermann.

»Ja, schwer ist es schon, aber nicht bloß wegen der furchtbaren Erlebnisse. Auch wegen der besonderen Verteilung von Schuld und den Missverständnissen, wenn man Anklage erhebt.«

Beermann verstand nicht.

»Wenn die Christen im Irak oder in Syrien klagen, wird es gern so aufgenommen, als setzten sie den ganzen Islam auf die Anklagebank. Wo die Schablonen einrasten, wird es schwierig mit dem Unterscheiden. Ich habe Ihnen erzählt von unserem interreligiösen Komitee in Mossul. Dessen muslimische Mitglieder waren tief erschüttert von der teuflischen Maske, die dem Islam aufgesetzt wird von seinen angeblichen Verteidigern. Es wird ›Allah ist groß‹ gerufen, während man Männer köpft, Frauen vergewaltigt und Kinder gegen die Wand wirft. Was für eine Perversion des Religiösen und des Menschlichen überhaupt! Der blanke Hass wird zur Religion, und die Religion wird ersäuft im Blut der Erschlagenen. Ich habe Muslime weinen sehen über die unvorstellbaren Exzesse der Gewalt und mehr noch über die Besudelung ihres Glaubens samt seiner langen Geschichte. Ich habe mitbekommen, dass Muslime christliche Gefangene der Dschihadisten befreit und ihre Häuser gegen Zerstörung zu schützen versucht haben. Das alles fällt unter den Tisch, wenn wir irakischen Christen von unseren Verfolgungen und Demütigungen erzählen. Darum schweige ich lieber. Und setze darauf, dass die alte Kraft des Islam, der kulturbildend und nicht kulturzerstörend war, noch nicht erloschen ist. Jeder Baum zieht Energien aus seinen Wurzeln. Die neuen Kämpfer des Islam wollen aber die Wurzellosigkeit, in völliger Verkennung aller geistigen und kulturellen Entwicklungsgesetze. Sie brechen ins Nationalmuseum von Mossul ein und plündern dessen Schätze. Und was sie nicht plündern können, schlagen sie in Stücke. Als ob es eine Zukunft geben könnte, wenn man die Vergangenheit tilgt. Aber das ist wohl so bei den Triumphzügen des Hasses. Er kann nichts gelten lassen und verehren, schon gar nichts lieben, weil alles Ehrwürdige und alles Schöne ihn immerzu ins Unrecht setzt. So hörte ich das von einem muslimischen Freund, der in Mossul eine große Bibliothek leitete. Hier in Deutschland lese ich ab und zu von einer neuen Christenverfolgung im Nahen und Mittleren Osten. Das ist nicht ganz verkehrt, aber es trifft auch nicht den entscheidenden Punkt. Entscheidend ist ein Ringen um Leben und Tod im gegenwärtigen Islam selber, in diesem Gegensatz von Geist und Ungeist, Kultur und Barbarei. Und wenn erst die Anhänger eines Islam mit guter Vergangenheit – wozu Gott helfen möge! – die Oberhand gewinnen, dann können auch Christen wieder wohnen unter ihnen und ihre herrlichen alten Liturgien singen, ohne deswegen massakriert zu werden.«

Tariq hatte sehr langsam gesprochen, von Pausen des Nachdenkens unterbrochen, und Beermann hatte ihm Zeit gelassen. Auch weil er selbst Zeit brauchte zu verarbeiten, was ihm mitgeteilt wurde.

Auf dem Rückweg zum Parkplatz schoben die Kinder schon wieder Haufen von Buchenlaub zusammen. Das große Nationalmuseum von Mossul wurde geplündert. Beermann dachte an den Bronzedolch, der jetzt als Beweisstück irgendwo im Polizeipräsidium lagerte.

Als sie unerwartet vor ihm stand, fürchtete Beermann zu erröten wie ein pubertärer Konfirmand. Sibylle Brotbeck hatte die Kriminalassistentin eingelassen und ohne Voranmeldung in sein Dienstzimmer geführt. Nun lehnte Feray am Türpfosten, den Kopf leicht zur Seite geneigt und diesmal ohne Sonnenbrille im Haar. Sie lächelte verführerisch, stellte sich aufrecht und trat einen Schritt näher: »Hoffentlich störe ich nicht, Herr Pfarrer. Ich wollte mich entschuldigen. Wegen meiner Unbeherrschtheit kürzlich. Tut mir leid. Ich überreagiere manchmal, eine meiner Schwächen.«

Beermann tat beflissen, winkte ab, als hätte er längst vergessen, was Feray gereizt und ihn selber verblüfft hatte, und bot ihr einen Stuhl an. Sie schlug ihre vollkommenen Beine übereinander.

»Denken Sie nicht mehr dran«, sagte er, »es ist nicht der Rede wert.«

»Gut. Danke. Genau genommen dient mein Besuch auch nicht allein einer etwas verspäteten Entschuldigung.«

»Sondern?«

»Einer Nachricht und einer Frage.«

»Also zuerst die Nachricht.«

»Dass sich unsre Ermittlungen im Fall Wackernagel schwierig gestalten, ist Ihnen ja bekannt. Es gibt ein paar Indizien, aber, wenn man ihnen nachgeht, führen sie zu keinem brauchbaren Ergebnis. Beim Unfalltod von Aisha wissen wir auch nicht, wieviel davon wirklich Unfall und wieviel Verbrechen war. Gestern bin ich deshalb nach Blaubeuren gefahren, die Bekannte von Aisha aufzusuchen, bei der sie untergeschlüpft war.«

»Sie haben sie angetroffen?«

»Zum Glück, ja. Eine kleine, bescheidene Frau, die nun auch von Angst geplagt wird. ›Warum sind wir vor Gewaltakten geflohen, wenn wir wieder in Gewaltakte hineingezogen werden‹, sagte sie.«

»Verständliche Frage.«

»Ich denke nicht, dass sie bedroht wird. Hat auch bestimmt nichts mit unserem Fall zu tun, abgesehen davon, dass sie der flüchtigen Aisha die Tür aufgemacht hat.«

»Hat sie etwas von Aisha erfahren, was uns bisher nicht bekannt war?«

»Ein bisschen, ja. Ich hatte den Eindruck, dass Aisha ihr gegenüber nicht wirklich ausgepackt hat. Aber dies und das hat sie eben doch von sich gegeben.«

»Zum Beispiel?«

»Dass ihre Gedanken immer darum kreisten, warum und wie Wackernagel zum letzten Mal das Haus verlassen hatte. Mit dieser rätselhaften Andeutung, dass er sich womöglich in Gefahr befinde. Und mit der Absicht, Ihnen etwas vorbeizubringen.«

»Da muss ich auch dauernd dran denken!«

»Aisha vermutete wohl, dass ihr Mann Ihnen einen ganz bestimmten Gegenstand überreichen wollte. Zur Verwahrung wahrscheinlich.«

»Und was?«

»Einen Bronzedolch.«

Beermann war so perplex, dass er den Mund aufsperrte und Feray staunend anschaute. »Einen Bronzedolch?«, brachte er schließlich hervor.

»Eigenartig, nicht wahr?«, sagte Feray.

»Und wie kam Aisha darauf?«

»Sie wusste, dass ihr Mann kürzlich den Dolch selber in Empfang genommen hatte. Von wem, konnte sie angeblich nicht erklären. Überhaupt habe Wackernagel um die Waffe ein großes Geheimnis gemacht. Habe sie mehrfach eingewickelt und in der unteren Schublade ihrer Wäschekommode versteckt. Und ihr das Versprechen abgenommen, sie nicht herauszuholen oder anzurühren.

»Daran hat Aisha sich gehalten.«

»Natürlich. Eine gute Muslima handelt niemals den Anweisungen ihres Mannes zuwider.«

»Und sie hat beobachtet, wie er das Ding einsteckte, als er die Wohnung verließ?«

»Nein, hat sie nicht. Aber als ihr bekannt war, dass ihr Mann umgebracht wurde – und zwar mit einem alten Bronzedolch – hat sie in der Kommode nachgeschaut. Die war natürlich leer. Auch an anderen Stellen in Wackernagels Arbeitszimmer, wohin er die Waffe inzwischen gelegt haben konnte, kam nichts zum Vorschein.«

»Und nun liegt der Dolch bei Ihnen im Präsidium.«

Beermann merkte, dass Feray ihn sehr prüfend anschaute.

»Ich frage mich«, begann sie, »bitte, nehmen Sie mir das nicht übel, aber ich frage mich, ob Sie tatsächlich völlig überrascht waren von Wackernagels Besuch an Ihrer Haustür.«

Dies war nun also die Frage nach der Information.

Beermann lehnte sich zurück und legte langsam beide Hände über der Brust zusammen. Vielleicht etwas theatralisch, diese Gebärde, dachte er im selben Augenblick, in dem er sie ausführte: »Überrascht war ich nicht, denn Wackernagel hatte ja Tage zuvor seinen Besuch angekündigt. Allerdings ohne hinzuzufügen, weshalb er vorbeikommen wollte.«

Feray hörte nicht auf, ihn aufmerksam zu betrachten: »Und von der Existenz des Dolchs hatten Sie keine Ahnung?«

Beermann wurde ärgerlich: »Ich hatte nicht mal eine Ahnung davon, als ich die Waffe in Wackernagels Rücken gesehen habe. Wie kommen Sie bloß auf die verrückte Idee, ich könnte Ihnen in dieser Sache etwas verheimlichen?«

Feray erhob sich: »Schade, jetzt sind Sie mir doch böse. Dabei frage ich nur, was ich fragen muss. Um jede Nachlässigkeit bei unseren Ermittlungen auszuschließen.«

Nachher musste Beermann erst mal aufs Rad. Durch den Schlossgarten zum Neckar hinunter. Trampeln, schwitzen, abreagieren. Ein paar Enten, die über den Parkweg watschelten, scheuchte er beiseite. Die Ampelschaltung am Fußgängerüberweg ignorierte er. Dem Cannstatter Ufer entlang folgte er dem schmalen Radweg unter Weinbergen, die ihr letztes Herbstfeuer entfacht hatten und noch einmal Leben versprühten vor der Winterstarre. Ein Ziel hatte er nicht vor Augen, es ging ihm bloß um körperliche Bewegung und Abstand von daheim. So bekam er am besten den Kopf frei, um nachzudenken.

Der Bronzedolch. Wenn er sich in Wackernagels Besitz befunden hatte, weshalb wurde er dann selber umgebracht damit? Und was hatte ihn veranlasst, die Waffe aus ihrem Tübinger Versteck herauszuholen und zu ihm ins Pfarrhaus zu bringen? Anscheinend wussten andere von dem Dolch und wollten ihn Wackernagel abjagen. Aber warum? Weil er ein Wertobjekt darstellte, das sich mit gutem Gewinn unter Hehlern veräußern ließ? Oder weil er als Beweisstück dienen konnte, das Schuldige fürchten und deshalb aus dem Weg räumen mussten? Keineswegs auszuschließen war, dass Wackernagel seinen Mörder – oder vielleicht waren's mehrere – gekannt hatte. Ihm oder ihnen den Bronzedolch sogar in die Hand gegeben hatte, aus freien Stücken oder unter Druck. Oder wie sollte es zugegangen sein, dass er mit seinem eigenen Dolch, den er zur besseren Verwahrung in Beermanns Pfarrhaus tragen wollte, hinterrücks erstochen wurde?

In Mühlhausen stieg Beermann vom Rad und schob es die Anhöhe zur Veitskapelle hinauf. Sie war geöffnet, und er betrat den Innenraum der kleinen gotischen Kostbarkeit mit ihrem Freskenzyklus aus dem Leben des heiligen Vitus. Ein Stück Prager Kultur, verpflanzt an den Neckar. Beermann stand im Chor, umfangen von Farben und Bildern. Und von Szenen des Martyriums. ›Immer werden Menschen grausam verfolgt, gequält und zu Tode gebracht ihres

Glaubens wegen‹, dachte er. Die einen wollten nicht ablassen von ihrer festen religiösen Überzeugung, die andern wollten nicht dulden, was sie für unverzeihliche Häresie hielten. Es war ein Kampf um Geistiges, ausgetragen mit den rohesten Mitteln physischer Gewalt. Warum war das so und warum konnte es kein Ende finden und wiederholte sich in zahllosen Varianten? In der Gegenwart wurde bei der Ketzerbekämpfung sogar am liebsten der kurze Prozess gemacht.

Eine Panne war's eher nicht, dass Beermann wieder mal den Hochzeitstag vergessen hatte. Es entsprach der Regel. Auch nachdem er sich vorgenommen hatte, dieses Erinnerungsdatum in seinem Taschenkalender zu vermerken, wurde die Sache nicht nennenswert besser. Gut, letztes Jahr war ihm der Treffer gelungen und er hatte ihrem Hochzeitstag tatsächlich alle Ehre erwiesen. Er war mit einem protzigen Strauß langstieliger Gladiolen aufgekreuzt, hatte ihn Bettina mit großer Geste in die Arme gelegt und dazu bemerkt: ›Eine Wiedergeburt deines Brautstraußes, meine Liebe!‹ – ›Mein Brautstrauß war ein Bouquet aus Feuerlilien‹, hatte Bettina lächelnd geantwortet und ihm einen Dankeskuss auf die Wange gehaucht.

Jetzt brachte sie nach dem Mittagessen als Dessert ein silbernes Tablett mit zwei Konzertkarten für den Abend auf den Tisch. Als ihren Beitrag, den Tag immerhin feierlich ausklingen zu lassen. Beermann fühlte sich wieder peinlich überführt wie fast alle Jahre und versicherte, dass sein Problem mit den Terminen ihrer Liebe nichts zu tun habe mit einem Nachlassen der Liebe selbst. Bettina erwiderte, das wisse sie, und wenn's anders wäre, würde sie ihm ein heimisches Theater liefern, statt ihm Karten fürs Konzerthaus zu überreichen.

Er bedankte sich artig und nahm sich vor, bloß keinen Missmut über Bettinas Einladung aufkommen zu lassen. Musik mochte er ja, aber zu einem musikalischen Abend in der Liederhalle hätte er sich aus freien Stücken nicht aufgeschwungen. Zumal am selben Abend die Borussia aus Dortmund, sein Lieblingsclub, sich im Europacub zu behaupten hatte und er das Spiel ebenso gespannt wie gemütlich im Fernsehen verfolgen wollte. Das war nun mit einem Schlag gekippt, und er musste gute Miene dazu machen, weil er sich sowieso im moralischen Soll befand.

Das Konzert versprach Musik alter Meister. Bachs Orchestersuiten, anderes von Pachelbel und Schütz. Bettina erwarb im Foyer ein Programmheft und blätterte es durch, während Beermann am Geländer zur Galerie lehnte und die Besucher musterte, die zur Garderobe eilten oder die breite geschwungene Treppe emporstiegen. Wie viele kommen aus purer Lust an der Musik, überlegte er, und wie viele, weil sie per Einladung genötigt sind? Besonders in den Mienen der männlichen Gäste versuchte er zu lesen, wer wohl lieber mit Freunden am Stammtisch gesessen oder den Abend vor der Glotze verbracht hätte. Und übrigens: Wenn die Künstler sich ein wenig sputeten, konnte er daheim durchaus noch einen Teil der zweiten Halbzeit erwischen. Aber dann durfte sich auch die Konzertpause nicht zu lange hinziehen.

Es begann mit Bach. Das kannte und mochte er und ließ sich's gefallen. Darauf folgten Teile aus den ›Symphoniae Sacrae‹ von Heinrich Schütz. Beermanns Anteilnahme ließ nach, weil er Schütz ziemlich langweilig fand. Er lehnte sich zurück in seinem Sessel, schloss die Augen und hoffte, dass als Konzentration gedeutet werde, was nichts als Schläfrigkeit war. Eine Tante fiel ihm ein, die mit einem Musikbegeisterten in München verheiratet war, selbst aber kein Sensorium für diese Kunstgattung aufbrachte. Sie schwärmte fürs Theater. Ihre eheliche Loyalität nötigte sie aber fortwährend, Konzerte zu besuchen, bis sie eine List ersann, mit deren Hilfe dieser Tortur ein Ende gesetzt werden sollte. Die goldene Taschenuhr ihres Mannes, die mit einem Wecksignal ausgestattet war, richtete sie so, dass der Wecker mitten in einer Konzertarie losrasselte, zum Entsetzen ihres Mannes und zur Entrüstung des Publikums ringsum. Seitdem hatte sie während seiner Konzertbesuche frei.

Beermann schmunzelte und überlegte, ob er eine ähnliche, vielleicht etwas sanftere Befreiungsmethode bei Bettinas Vorliebe ausprobieren sollte, als es ihn plötzlich wie ein Fausthieb traf.

Er schreckte hoch, starrte auf die Bühne und riss Bettina das Programm aus den Händen. Sie schaute ihn besorgt an und flüsterte, ob ihm nicht gut sei. Er reagierte gar nicht darauf und zog sich an der Rücklehne des vorderen Sitzes hoch, als wolle er mitten in der laufenden Veranstaltung aufstehen. Bettina zog ihn kräftig nach unten, und nun hockte er wie behext auf der Kante seines Sessels, horchte, fasste sich an die Stirn, ließ sich zurückfallen und studierte im Programm, soweit das bei der spärlichen Beleuchtung möglich war.

Es dauerte nicht lange, bis der gebotene Musikteil zu Ende war, und schon sprang Beermann auf, erklärte seiner Frau, dass er raus müsse, ganz dringend und unverzüglich raus, und wenn sie nicht mitkomme, gehe er allein. Bettina verstand gar nichts und hätte niemals eingewilligt, den Saal noch vor der Pause zu verlassen, wenn da nicht diese verschreckte Miene und die seltsame Aufregung bei Beermann gewesen wäre, die ihr Rätsel aufgaben. Sie quälten sich hintereinander durch die Sitzreihe, stießen gegen Knie, traten auf Zehenspitzen und erreichten den Ausgang unter vorwurfsvollen Blicken und den Anfangsklängen des nächsten Programmteils.

Auf dem Flur griff Bettina nach Beermanns Arm: »Jetzt sag endlich, was in dich gefahren ist!« Er erwiderte nichts, sondern führte sie zur nächsten Sitzecke, drückte sie in einen Sessel und kniete, das Programmheft in Händen, neben ihr: »Heinrich Schütz, ›Symphoniae Sacrae‹, presste er hervor, »das steht hier, und das haben wir vorhin gehört, stimmt's?«

»Natürlich stimmt's«.

»Und jetzt: Was haben wir gehört? Eine Bassstimme und ein paar Posaunen. Gesungen wurde eine Klage. Eine wahnsinnige Klage!«

Bettina sah ihn mit großen fragenden Augen an.

»Und den Wortlaut dieser Klage, Mensch Bettina, den Wortlaut hast du nicht mitgekriegt? Natürlich war's Latein, aber so viel Latein bringst du doch auch zusammen, zumal – sieh her! – die Übersetzung dazu geliefert wird im Programmheft.«

Bettina las: »Fili mi Absalon! Absalon, fili mi! – Mein Sohn Absalom! Absalom, mein Sohn!«

Sie schaute auf und schüttelte den Kopf.

Beermann hielt es nicht in der Hocke aus, er sprang auf, umrundete Bettina und sank auf der anderen Seite erneut zu ihr herab. »Versteh doch«, bettelte er, »Fili mi Absalon! Na, klingelt's noch nicht? Seit wieviel Tagen rätseln wir herum am letzten Seufzer, den Wackernagel von sich gegeben hat? Was ich aufgeschnappt hatte, klang nach ›Nie Abs-on‹ oder ›Wie Abs-on‹, und wir haben an Absolution gedacht und an Abstraktion und es ergab alles keinen Sinn. Dabei hat Wackernagel, der schon als Student ein Liebhaber klassischer Musik war, genau dieses 13. Konzert aus den ›Symphoniae Sacrae‹ zitiert, diese bewegende Klage des David über seinen Sohn Absalom.«

»Wieso bist du sicher, dass Wackernagel auf diese Partie angespielt hat?«

»Weil ich's gehört habe, aber zuerst nicht einordnen konnte. Jetzt klärt sich alles auf und gewinnt einen furchtbaren Sinn. Im Augenblick des Sterbens hat Wackernagel an seinen Sohn gedacht. Und zwar genauer an seinen Sohn, der schuldig geworden war an ihm.«

»Mal langsam!«, verlangte Bettina. »Wie kommst du darauf?«

»Du musst eben die Zusammenhänge beachten«, drängte Beermann ungeduldig, »und die Zusammenhänge der biblischen Erzählung in Verbindung bringen mit Wackernagels Erlebnissen vor seinem gewaltsamen Tod. Pass auf: Da gibt es im zweiten Samuelbuch diese dramatische Geschichte von Absaloms Putsch gegen seinen Vater, den König David. Das wurde zu einer Auseinandersetzung um Leben und Tod zwischen beiden. Jeder hatte seine Gefolgsleute und jeder seine Heerhaufen. Absaloms Aussichten, seinen Vater vom Thron zu stürzen, standen nicht schlecht. Davids Herz hing jedoch an diesem Sohn, und es war unerträglich für ihn, womöglich die Schuld an seinem Tod zu tragen. Darum instruierte er seine Hauptleute, sie sollten Absalom schonen: ›Verfahrt mir glimpflich mit dem jungen Mann, dem Absalom‹, verlangte er. Doch die Dinge entwickelten sich anders. Joab, Davids General, dachte nicht daran, den jungen Rebellen ungeschoren davonkommen zu lassen. Und als Absalom nach einer verlorenen Schlacht sich auf der Flucht mit seinen langen Haaren im Geäst einer Eiche verfing und das Maultier unter ihm davonrannte, wurde er von Davids Leuten gestellt und von Joab persönlich mit Spießen durchbohrt. Und dann folgt dieser Teil, der auf Davids Klage hinführt und der ein ausgesuchtes Beispiel hebräischer Erzählkunst ist. David, der in seiner Festung gespannt den Ausgang des Kriegszuges erwartet, muss ja nun durch Boten in Kenntnis gesetzt werden über den Sieg, aber auch über den Tod seines Sohnes Absalom. Wie das nun dramatisch gestaltet wird, – ein Geniestück! Joab schickt einen Mohren, die Botschaft zu überbringen, weil er ahnt, David werde den Todesboten furchtbar strafen, und das Leben eines Mohren zählt nicht sonderlich viel. Lieber also diesen Mohren opfern als den Gefolgsmann Ahimaaz, der sich gemeldet hatte, die gute und die traurige Nachricht zu überbringen. Und dann laufen sie beide, voran der Mohr, hinter ihm Ahimaaz, aber Ahimaaz ist schneller und überholt den Mohren. – Wie in einem Schauspiel oder wie im Film blendet der Erzähler jetzt um, und wir finden uns wieder in der Torhalle des Königs, wo David auf Meldungen wartet und ein Wächter auf dem Dach ihm Mitteilung macht, erst von einem herannahenden Läufer, dann von einem zweiten dahinter. Und David bangt und hofft auf gute Botschaft. Nacheinander fragt er den ersten und den zweiten Läufer, die bei ihm eintreffen, lediglich dies: ›Geht es dem jungen Mann, dem Absalom, gut?‹ Und als der Mohr ihm den Tod des Sohnes eröffnet, zieht er sich zurück und weint: ›O mein Sohn! O Absalom, mein Sohn!‹ – Fili mi Absalon!«

Bettina hatte aufmerksam zugehört und fragte nach: »Angenommen, Wackernagel hätte wirklich vor seinem Ende den Klageruf Davids wiederholt, dann stimmten die Dinge trotzdem nicht überein. Denn Absalom stirbt, während sein Vater David lebt, und Wackernagel stirbt, während sein Sohn lebt.«

»Ja, richtig. Aber eine volle Parallele zwischen der biblischen Erzählung und Wackernagels Schicksal ist sowieso nicht zu erwarten. Der Vergleichspunkt ist die Schuld des Sohnes, sein Kapitalverbrechen dem Vater gegenüber, der aus dem Weg geräumt werden soll, und die Trauer und Klage des Vaters über diesen nach wie vor geliebten Sohn.«

Bettina saß still und kaute an ihren Fingernägeln: »Das bedeutet – du meinst, aber das wäre doch ungeheuerlich, willst du wirklich darauf hinaus, dass Wackernagel von seinem eigenen Sohn umgebracht wurde?«

»Es ist eine beklemmende Vorstellung, aber sie hat eine hohe Wahrscheinlichkeit.«

»Ich kann's einfach nicht glauben. Und gebe der Himmel, dass du falsch gehört hast bei den letzten Silben des armen Wackernagel oder dass du sie falsch deutest.«

Begreiflicherweise war nach Beermanns Auskünften auch Parler wie elektrisiert.

»Donnerwetter«, sagte er am Telefon, »da wird aber das ganze Kartenspiel neu gemischt!«

Beermann beeilte sich zu betonen, dass der Mordverdacht gegen den Sohn natürlich vollkommen abhänge davon, dass er selber Wackernagels letzte Äußerung richtig aufgenommen und dass diese tatsächlich die Davidsklage aus den ›Symphoniae Sacrae‹ wiederholt habe.

»Klar«, räumte Parler ein, »klingt aber plausibel. Und weil wir den Sohn (Markus heißt er ja wohl) nicht erreichen und keine Ahnung haben, wo er steckt, ergeben sich eine Reihe von Fragen.«

»War er tatsächlich der Täter, dann war er auch ganz in meiner Nähe. Am Abend der Mordtat hielt ich mich länger auf im Liegestuhl der Pfarrhausterrasse. Es war eine laue Luft, die das erlaubte. Und es war still, bis ich plötzlich von einem metallischen Geräusch bei den Mülltonnen hinter der Garage aufgeschreckt wurde.«

»Kann ja auch eine Katze gewesen sein, Beermann.«

»Kann sein, kann auch nicht sein. Unwahrscheinlich ist es jedenfalls nicht, dass Markus Wackernagel nach seiner Tat – wenn er sie denn begangen hat – sich erst mal einen Unterschlupf in der Nähe gesucht hat.«

Parler brummte Zustimmung. »Wissen Sie, mir gehen eine Reihe anderer Fragen durch den Kopf. Ad eins: Worin besteht eigentlich das Geheimnis dieses Bronzedolchs? Dass er in Wackernagels Besitz war und von ihm aus seiner Tübinger Wohnung entfernt und – unter offensichtlichem Druck – zu Ihnen ins Pfarrhaus geschafft werden sollte, können wir inzwischen annehmen. Und dass der Dolch in die Hand des Sohnes gelangt ist, vermutlich kurz vor Wackernagels Eintreffen an Ihrer Haustür, ist ebenfalls wahrscheinlich. Also muss der Sohn – zumindest auf dem letzten Wegstück – seinen Vater entweder friedlich begleitet oder ihm feindselig aufgelauert haben. Hat er ihm aufgelauert, war das Verhältnis der beiden schon vorher zerstört. Hat er ihn friedlich begleitet, muss irgendein plötzlich auftretender Umstand die Katastrophe herbeigeführt haben.«

»An so viel Plötzlichkeit glaube ich nicht.«

»Warum? Es gibt Panikreaktionen. Davon könnte ich Ihnen Serien auf den Tisch bringen aus meiner Praxis.«

»Eine gewisse Panik lag eher bei Wackernagel selbst vor, als er den Dolch nicht länger in seinem Haus behalten wollte.«

»Und was sollte ihn getrieben haben?«

»Was weiß ich? Die Geschichte dieses Bronzedolchs selbst. Seine Herkunft. Irgendeine dunkle Verbindung, die es zwischen dem Dolch und seinem Sohn Markus gab. Sie könnte ihm Angst gemacht haben, so dass ihm der Waffenbesitz zu heiß wurde und er das Ding erst mal zwischenlagern wollte. Dass er dabei auf mich verfiel, muss nicht viel bedeuten. Ich war Pfarrer in einem unverdächtigen Pfarrhaus, das mochte ihm als sicheres Versteck reichen.«

»Der Bronzedolch, ja. Vielleicht war er beides, Mordinstrument und vorher bereits Objekt einer Auseinandersetzung zwischen Vater und Sohn. Dass Wackernagels Frau Aisha sich im Übrigen so vielsagend ausgeschwiegen hat über ihren Markus, passt nun auch ins Gesamtbild. Sie wusste, was wir nicht wissen, und breitete ihren mütterlichen Schutzmantel über den Sohn.«

»Welche Mutter täte das nicht.«

»Allerdings. Aber ich denke auch daran, dass sie Muslima war und aus Syrien stammte. Ob sich von dorther überhaupt kein Zusammenhang ergibt zur Geschichte ihres Sohnes und zur Geschichte des Bronzedolchs und am Ende sogar zum Mordfall selber?«

»Jetzt schwenken Sie wieder auf die Pfade Ihrer Verdächtigung von Muslimen ein.«

»Ich weiß, dass Sie dagegen sind. Weil Sie als Pfarrer manches nicht sehen, was Sie einfach nicht sehen wollen. Realitätsverweigerung nennt man das. Oder war es nicht so, dass dieser Dr. Haller in Heidelberg Ihnen ein klares antiislamisches Pamphlet von Wackernagel unter die Augen gerieben hat?«

»Das Pamphlet eines gewissen Herbert Kattner. Sie wollten überprüfen, ob es sich dabei wirklich um ein Pseudonym von Wackernagel gehandelt hat.«

»Hab ich, und die Verbindung ist wasserdicht. Wackernagel alias Kattner. Das stimmt. Und wenn, wie Haller in Heidelberg angedeutet hat, die geistige Wende Wackernagels zum Muslimfresser nicht zufällig und aus blauem Himmel erfolgte, dann sind Spekulationen fällig über deren Ursachen.«

»Zum Beispiel?«

»Noch einmal der Sohn. Wackernagel wäre nicht der erste Vater, der anfängt, aus tiefstem Herzen zu hassen, was gegen seine Wünsche zum Lebensinhalt des eigenen Kindes geworden ist.«

Beermann schluckte: »Sie meinen, Wackernagel konnte nicht verkraften, dass sein Sohn sich dem Islam zugewendet hat?«

»Wohl nicht bloß ein wenig zugewendet, denke ich. Er könnte sich dem Islam mit Haut und Haaren verschrieben haben.«

Ein friedlicher Lindwurm aus bunten Lichtern wand sich über den Hof auf die Straße hinaus. Vorneweg drei jugendliche Posauner, die unermüdlich ›Laterne, Laterne‹ intonierten und zwischendurch auch das Martinslied, das über zahlreiche Strophen verfügt, von denen allerdings nur Bruchstücke in freien Zusammensetzungen gesungen wurden. Die Lampions schaukelten an den Stöcken, die von Kindern teils andächtig hochgehalten, teils munter herumgeschwenkt wurden. Einen Reiter, der sich hoch zu Ross auf die barmherzige Mantelteilung vorbereitet hätte, gab es nicht. Der kirchliche Kindergarten hatte weder Zugang zu einem geduldigen Pferd noch zu einem Reiter, der die fromme Handlung vollziehen konnte.

Beermann empfand das nicht als Mangel. Ihm kam in den Sinn, dass seine Mutter immer den Standpunkt vertreten hatte, bei der Mantelteilung handle es sich um ein zweifelhaftes Beispiel christlicher Mitleidskultur, da die Überlassung des ganzen Mantels an den frierenden Bettler die überzeugendere Tat gewesen wäre.

Auf der Straße wartete ein Polizeiwagen mit Blaulicht, der sich an die Spitze des leuchtenden Lindwurms setzte, und hinterdrein zuckelte die Bereitschaft der Johanniter-Unfallhilfe. Beermann entdeckte Tariq mitten im Zug, seine Kinder mit mächtigen Laternen, Sonne und Mond, neben sich. Tariq lachte, und auf den Gesichtern der Kinder lagen der Widerschein von Lichtern und der Glanz des Glücks. ›Wie einfach und wie selbstverständlich sich vollziehen kann, was wir mit dem großen Wort ›Integration‹ belegen‹, dachte Beermann. Vielleicht sind doch Kinder die Meister in der Kunst, aus Fremdheit Nähe und aus Angst Vertrauen werden zu lassen. Sie erfüllen kein Programm, sie nehmen einfach teil. Und indem sie teilnehmen, können sie großzügig hinwegsehen über alles, was schwierig und hinderlich und bedenklich sein könnte.

Wenn ihr nicht werdet wie die Kinder …

Beermann erinnerte sich, wie er früher im Verein mit Gleichaltrigen nach Abschluss des Martinsumzuges durch die Straßen gestürmt war, an Haustüren geklingelt und Ladentüren aufgestoßen hatte, um die Barmherzigkeit von Geschäfts- und Privatleuten herauszufordern. Gesungen wurde auch dabei, aber mäßig und allein zum Zweck des Beutemachens. Bei der Milchfrau an der Ecke zur Kohlenhandlung gab's regelmäßig Bonbonsplitter, die übers Jahr aus den Restbeständen der Glasbehälter, in denen die bunten, klebrigen Köstlichkeiten verwahrt wurden, gesammelt und am Martinsabend in kleinen Portionen an die bettelnden Kinder verteilt wurden. Dass die Süßigkeiten mit dem umwickelten Ausriss von Zeitungspapier längst eine innige Verbindung eingegangen waren, störte wenig. Man schleckte das Zeug mit der Zunge direkt aus seiner Hülle, die sich schnell in eine durchfeuchtete Klebrigkeit verwandelt hatte.

Selige Kindertage.

Fili mi Absalon!

Irgendwann kommt der Bruch, nach welchem die Kinder aufhören, wie Kinder zu sehen und zu erleben und die Welt wahrzunehmen, die sie umgibt. Irgendwann ereignet sich dieser Riss, der entzweit, was nie wieder gekittet und vereint werden kann wie am Anfang. Und was muss darüber hinaus geschehen, dachte Beermann, dass ein Sohn es übers Herz bringt, seinen eigenen Vater zu erdolchen? Ein Sohn, der selbst auch einmal Kind gewesen ist. Der auf dem Schoß des Vaters gesessen und beim Hoppereiter gejauchzt hat vor Vergnügen. Der in den Augen seiner Mutter gelesen hat, wie nur Kinder in den Augen ihrer Mütter lesen können. Und dann so ein tödlicher Stoß in den Rücken. Wieviel von den Kindheitserfahrungen musste da fortgewischt und getilgt worden sein, und was für mörderische Säfte mussten die Adern hinaufgestiegen sein aus vergifteten Böden, bis sie eine bittere Frucht reifen ließen, die Hass und Tod mit sich brachte?

Beermann freute sich an den Augen der Kinder im Martinszug. Sie waren unerschrocken und offen und was sie erfüllte, war die reine Gegenwart des Staunens.

›Vielleicht beginnen die Einflusszonen des Hasses, wo die Bereitschaft zu staunen verkümmert‹, dachte Beermann.

Staunen wird möglich im Erleben eines wunderbaren lebendigen Zusammenhangs. Hass setzt einen Abbruch von Zusammenhängen voraus, darum will er bloß zerstören, was einmal etwas verbunden hat und weiter verbinden könnte. Sein Ziel ist Vernichtung. Und wenn Leben sich dadurch auszeichnet, dass es immer ein Geflecht, einen Organismus aus lebendigen Zusammenhängen darstellt, dann ist Hass der widersinnige Kampf gegen das Leben selber. Und wer hasst, der verneint nicht zuletzt seine eigene Existenz.

Auf dem Bordstein hatte Beermann den fröhlichen Lindwurm aus Lichtern begleitet und merkte auf einmal, dass Tariq neben ihm ging.

»In Gedanken?«, fragte der und schaute Beermann von der Seite an.

»In Gedanken, ja. So ein Zug von Kindern mit ihren Laternen weckt Erinnerungen. Und es gibt ja auch schöne Erinnerungen, weiß Gott! Sicher auch bei Ihnen.«

»Natürlich. Obwohl die nicht mit Martinsabenden und bunten Lichtern verbunden sind.«

»Jedenfalls müsste ein Sankt Martin bei euch auf einem Kamel gehockt haben. Nein, wissen Sie, Tariq, Sie sind Christ und ich bin's auch – oder bemühe mich, einer zu sein, und Unterschiede zwischen uns sind da, aber sie sind nebensächlich, eigentlich belanglos. Und wenn Sie Muslim wären, dann fielen die Unterschiede etwas stärker auf, wären aber trotzdem nicht wirklich bedeutend. Was ich sagen will: Mit Unterschieden kann man leben. Aber mit dem, was Menschen häufig daraus machen, ist schwer zu leben. Wenn aus Unterschieden unversöhnbare Gegensätze und Feindschaften werden, dann geht man dem Leben selber an die Wurzeln in der Absicht, sie zu kappen. Daran musste ich eben denken.«

»Sie sind noch lange nicht fertig mit dem Mord, der an Ihrer Haustür passiert ist.«

»Nein, bestimmt nicht. Vor allem dann nicht, wenn's der Mord eines Sohnes an seinem Vater war. Unvorstellbar, was sich da in einem jungen Menschen aufgebaut hat und endlich zum Ausbruch gekommen ist.«

»Ja, der Hass. Unsere Kinder wurden hineingeboren in eine Umwelt, in der er hemmungslos wütete. Wir haben uns zur Flucht entschlossen um der Sicherheit willen. Aber auch, damit die Kinder nicht gezwungen würden, den Hass zu lernen. Jetzt sind wir angekommen in Ihrem Land. Was meinen Sie: Ist es ein Land, wo man Kinder davor bewahren kann, den Hass zu lernen?«

Beermann schaute weg und schickte seinen Blick hinüber zu den baumelnden Lichtern. An der Spitze des Zuges war ein Lampion in Flammen aufgegangen, loderte wütend auf und erlosch. Tariq hatte ihn gefragt, und Beermann entdeckte, dass er sich selber diese Frage noch nie gestellt hatte. Deshalb wusste er jetzt auch keine Antwort.

Parler teilte mit, dass er sich noch einmal mit Feray nach Tübingen aufmache, um Wackernagels verwaiste Wohnung zu inspizieren. Auf der Suche nach Familienfotos. Wenn man den tatverdächtigen Markus zur Fahndung ausschreiben wolle, brauche man ein Foto von ihm, möglichst aus jüngerer Zeit. Beermann erwiderte, dass er selbst keine

Ahnung habe, wie der junge Mann aussehe, er sei ihm nie begegnet. Aber er befinde sich ebenfalls auf dem Sprung, und zwar nochmals nach Heidelberg, um bei Haller vorbeizusehen. Unangemeldet. Vielleicht könne er dem ehemaligen Studienkollegen ein paar weiterführende Informationen über Wackernagels Sohn entlocken. Parler brummte, das habe er auch als nächsten Punkt auf seinem Zettel, aber es könnte tatsächlich erfolgversprechender sein, wenn die Befragung nicht von der Polizei, sondern von einem alten Bekannten vorgenommen werde.

»Du solltest dir allmählich überlegen, ob du nicht dauerhaft einen Bürostuhl im Polizeipräsidium besetzen möchtest, statt in deinem Pfarramt ständig die Fliege zu machen«, grantelte Bettina, und Beermann war überzeugt, dass Sibylle Brotbeck im Sekretariat ähnliche Gedanken hegte. Es war ihm egal. Jedes Ding hat seine Zeit, dachte er, geboren werden hat seine Zeit und sterben hat seine Zeit; den Martinsabend des Kindergartens mitfeiern und eine Greisin bestatten; Liebende trauen und Hassenden misstrauen; die Bibel auslegen und einen Mord aufklären. Alles zu seiner Zeit.

Späte Herbststürme jagten übers Land und klatschten ihm Regengüsse vor die Windschutzscheibe, als er auf dem Weg nach Heidelberg war. Vielleicht hätte er die Bahn nehmen sollen. Zeitweilig verdunkelte sich der Himmel auf bedrohliche Weise, und wenn sich ein Wolkenbruch entlud, schlichen die Fahrzeuge in gedrosseltem Tempo und überschütteten einander mit mächtigen Wasserfontänen.

Sein Autoradio musste Beermann fast bis zum Anschlag aufdrehen, um ein Wort verstehen zu können. Wieder ging's um den ungebrochenen Zustrom von Flüchtlingen, in Reportagen und Interviews. Die Medien schienen kein anderes Thema mehr zu kennen. Aus Bayern wurden in regelmäßigen Abständen ultimative Forderungen nach Grenzbefestigungen, strengeren Einwanderungskontrollen und Kontingentierungen gefunkt, und die Kanzlerin blieb eisern bei ihrer Ablehnung von Obergrenzen für Zuwanderer. Jeder sah Probleme und keiner wusste Lösungen. Vor Ort war die Hilfsbereitschaft bemerkenswert, aber nervliche Anspannungen wurden auch erkennbarer. Der Krug ging fleißig zum Wasser, und keiner mochte ausschließen, dass er irgendwann brach.

Die Fahrt durchs Neckartal an den Schleusen vorbei, die er sonst genoss, gestaltete sich langwierig und mühsam. Die Regenfront war weitgehend durchgezogen, aber jetzt blockierte ein Schwertransporter mit aufgeregten Blinkleuchten die Straße und zwang eine endlose Kolonne zur schneckenhaften Fortbewegung. Beermann wechselte den Sender, landete bei einem Streichquartett, und als er sich seelisch darauf eingerichtet hatte, wurde das Programm unterbrochen. Wegen einer Pressekonferenz des Innenministers über die Flüchtlingsfrage.

Endlich vor Hallers Wohnungstür angekommen, klingelte Beermann beherzt und drechselte an Formulierungen herum, die für seinen plötzlichen Besuch eine möglichst harmlose Erklärung liefern sollten. Er musste zum zweiten und zum dritten Mal läuten und rechnete schon damit, dass der Bewohner außer Hause war, als er hörte, wie innen eine Kette gelöst und daraufhin die Tür einen Spalt breit geöffnet wurde.

»Haller?«, fragte Beermann in die Lücke hinein.

Als die Tür zögernd ein Stück weiter aufgemacht wurde, erschien das fragende Gesicht eines jungen Mannes. Beermann war sofort im Bilde. Das war der irakische Student, den sie in Hallers Wohnung flüchtig wahrgenommen hatten und der Ahmed hieß. Beermann nannte seinen Namen und erkundigte sich, ob Dr. Haller zu sprechen sei. Er war noch nicht zu Ende gekommen mit seinem Satz, als die Tür zugeschlagen wurde. Verdutzt wartete Beermann davor und überlegte, ob er noch einmal klingeln oder sich entfernen sollte. Er dachte an die anstrengende Autofahrt, die er hinter sich hatte, und beschloss, erneut zu klingeln. Diesmal erfolgte die Reaktion sofort. Die Wohnungstür wurde weit aufgerissen, und heraus stürmte der junge Mann, eine Schirmmütze tief über die Stirn gezogen und mit einem Rucksack über der Schulter. Er stieß Beermann beiseite, hastete in Sprüngen die Treppe hinunter und verschwand.

Alles hatte sich in solcher Geschwindigkeit abgespielt, dass Beermann nur hoffnungslos hinterdrein schauen konnte. Der Flüchtende hatte kein Wort gesagt, und Beermann selbst hatte nicht die Zeit zu irgendeiner Bemerkung gefunden. Er stand da wie ein Denkmal. Die offene Wohnungstür empfand er nicht als Einladung einzutreten, aber einfach umzukehren und die Treppe herabzusteigen oder den Lift zu nehmen, missfiel ihm ebenfalls. Also probierte er's noch einmal mit der Klingel. Sie lärmte durch die

Wohnung und lärmte durch den Hausflur, aber es regte sich nichts. Haller war nicht anwesend.

Nachdem er unschlüssig eine Weile hin und her gegangen war und aus dem Flurfenster auf die Straße hinausgeschaut hatte, zog Beermann die Wohnungstür ins Schloss und verließ das Haus. Von Ahmed war natürlich nichts mehr zu sehen und ihn zu verfolgen, wäre aussichtslos gewesen, weil der junge Mann ihn auf jeden Fall abgehängt hätte. Aber was hatte ihn so heftig in die Flucht geschlagen? Wovor lief Ahmed davon? Beermann besann sich darauf, dass er an der Wohnungstür seinen Namen genannt hatte. Konnte Ahmed mit diesem Namen etwas anfangen, und zwar in der Weise, dass er den Träger dieses Namens als bedrohlich erleben und fürchten musste? Unwahrscheinlich. Bei ihrer ersten und einzigen Begegnung in Hallers Wohnung hatten sie sich kaum angesehen, geschweige denn ein Wort gewechselt. Weshalb also jetzt diese panische Flucht?

Wäre ihm die Rufnummer für Hallers Institut bekannt gewesen, hätte Beermann dort angerufen und gefragt, ob der Dozent zu erreichen sei. So blieb ihm nichts, als in die Stadt zu fahren und es später noch einmal mit einem Besuch zu probieren.

Er stellte seinen Wagen im Parkhaus unter dem Schlossberg ab. Von dort konnte man die Bergbahn zum Schloss hinauf oder weiter auf den Königstuhl nehmen, wenig verlockend bei der herbstgrauen und feuchten Witterung des Tages. Beermann schlug seinen Mantelkragen hoch und spazierte zum Markt, an der Heilig-Geist-Kirche vorbei und die Hauptstraße entlang. Der Regen hatte ganz aufgehört. Auf der nassen Straße spiegelten sich die Lichter aus den Schaufenstern. ›Um Heidelberg richtig genießen zu können, muss es Sommer sein‹, dachte Beermann. So wie Tübingen erheblich an Reiz verliert, sobald Studentinnen ihre Beine nicht mehr über die Neckarmauer herabbaumeln lassen. Feray fiel ihm ein, die in diesem Moment vielleicht in Wackernagels Familienalben blätterte.

Er betrat ein Café und setzte sich so, dass er die Menschen beobachten konnte, die vorüberflanierten. Während er einem großen Topf heißer Schokolade mit einem Strohhalm allmählich auf den Grund ging, spielte er mit allerlei Möglichkeiten, die Ahmed betrafen. Ahmad aus dem Irak. Tariq war ebenfalls Iraker, und Beermann hatte ohne Mühe einen Draht zu ihm gefunden. Weshalb lief Ahmed vor ihm davon? Hatte er bereits den Geruch oder das Gehabe eines Kriminalisten am Leibe, dass jemand, der Kontakte mit der Polizei scheuen mochte, auf Anhieb Reißaus nahm? Bettina würde es am Ende behaupten. Dieser Ahmed war nach Hallers Auskunft ein Student der Orientalistik, und auf dieser Schiene waren sich die beiden begegnet und nähergekommen. Haller hatte dem jungen Mann anscheinend auch zum Job einer studentischen Hilfskraft verholfen. Das verstieß nicht gegen geltende Gesetze und gegen die guten Sitten auch nicht. Weshalb also lief der junge Mann davon?

Beermann schlenderte weiter über die Hauptstraße und warf einer Bettlerin, die aus Anatolien oder aus Afghanistan stammen mochte und eine Mitleid erregende Demutshaltung perfektioniert hatte, ein paar Münzen in den Schoß. Bei der Universitätsbuchhandlung konnte er der Versuchung nicht widerstehen, einzutreten und sich Neuerscheinungen des Herbstes anzusehen. Romane in Fülle. Ab und zu las er selbst einen, aber nach abgeschlossener Lektüre überkam ihn oft das Gefühl, es habe sich eigentlich nicht gelohnt. Dann griff er wehmütig in seinen Regalen nach einem der Erzählmeister des neunzehnten Jahrhunderts. Fontanes ›Stechlin‹ konnte er in Abständen wieder und wieder lesen, ohne irgendetwas darin langweilig zu finden, auch wenn praktisch gar nichts geschah: ›ein weites Feld‹.

Hervorgehoben zur Ansicht lagen auf einem besonderen Tisch Bücher von Navid Kermani. Dem gebürtigen Iraner hatte man kürzlich den Friedenspreis des Deutschen Buchhandels verliehen, und er hatte in der Paulskirche eine Rede gehalten, die ebenso seine persönliche Lage zwischen den Kulturen wie die allgemeine Situation kultureller Verwerfungen im Lebensraum des Islam betraf. Beermann hatte den Text im Internet entdeckt und mit seltener Aufmerksamkeit studiert. Kermani besaß die Gabe zu einem geistigen Brückenbauer. Er verschwieg keine Gräuel, die vorgeblich in Allahs Namen begangen wurden, aber er hatte auch einen empfindlichen Sinn für die Schönheiten des Koran und für die Humanität seiner glaubwürdigsten Zeugen.

Nachdem sich das Tagesgrau zur Dämmerung entschlossen hatte, kehrte Beermann zum Parkhaus zurück und lenkte den Wagen im stockenden Feierabendverkehr Hallers Wohnung entgegen. Nun war er doch gespannt, was ihn erwarten würde. Es beschlich ihn der Verdacht, dass es ihm womöglich gar nicht unangenehm wäre, wenn er erneut vor der Wohnungstür stehen müsste, ohne eingelassen zu werden. Vielleicht war's ohnehin verrückt gewesen, diese Erkundungstour anzutreten. Haller hatte ihn längst als Parlers verlängerten Arm oder gar als dessen

Spitzel einsortiert und würde sich hüten, Sachen auszuplaudern, die für ihn selber nachteilige Folgen haben konnten. Wenn er gegen alle Wahrscheinlichkeit inzwischen doch daheim anzutreffen war, musste Beermann auf einen sehr unterkühlten Empfang oder sogar auf einen Rausschmiss gefasst sein.

Warum tat er sich das an?

Wie zur ironischen Unterstreichung seiner Gedanken fand er direkt vor Hallers Wohnung einen freien Parkplatz. Weit und breit war sonst alles belegt, aber dieser eine Platz präsentierte sich, als würde er ihm von einem höhnischen Mephisto eingeräumt. Beermann stieg aus, schaute sich um, schloss die Wagentür und bewegte sich langsam auf die Eingangstür zu. Sie ließ sich unter geringem Druck öffnen. Wieder eine Einladung, den Weg ungehindert fortzusetzen, den er vielleicht besser nicht angetreten hätte. Beermann stieg die Treppe hinauf und ermahnte sich selber, dass jetzt nicht die Zeit sei, feige zu werden. Vor Hallers Wohnungstür atmete er tief durch und hatte die Floskel parat, mit der er sein unverhofftes Erscheinen begründen wollte. Er klingelte und wartete. Nichts regte sich. Die Turmuhr einer nahen Kirche zählte die sechste Stunde mit schepperndem Glockenklang. Beermann klingelte noch einmal. Beim dritten Versuch spürte er das heimliche Gefühl von Erleichterung. Er würde sich unverrichteter Dinge davonmachen können. Nicht, weil er zuletzt doch gekniffen, sondern weil er einfach keinen Erfolg gehabt hatte.

Beim Treppenabgang nahm er mehrere Stufen auf einmal. Plötzlich hatte er's eilig. Er entriegelte die Türen seines Wagens, nahm Platz, klickte den Sicherheitsgurt fest, startete und wollte gerade ausscheren, als eine hintere Wagentür aufgerissen wurde. Jemand schwang sich auf den Rücksitz, legte ihm eine Hand auf die Schulter und zischte: »Losfahren, Mann! Und keine Mätzchen!«

Beermann war dermaßen erschrocken, dass er den Motor abwürgte. Als er erneut startete, suchte er den unerwünschten Fahrgast im Rückspiegel zu erkennen, aber der verbarg sich geschickt hinter der Rücklehne des Fahrersitzes. »Was wollen Sie?«, fragte Beermann und bemühte sich um einen unaufgeregten Ton.

»Fahren Sie los!«, verlangte der Mann, und es kam Beermann vor, als bemühe er sich, seine Stimme zu verstellen. Beermann lenkte auf die Straße, die im beruhigten Wohnviertel wenig befahren war, und bummelte unschlüssig voran, bis er von hinten energisch zur Beschleunigung aufgefordert wurde. ›Das hast du jetzt davon‹, dachte Beermann, ›musstest dich auch eigenmächtig in diese Schnüffelei hineindrängen, die dir nicht bekommen soll. Ganz schön tief in der Tinte sitzen Sie, Herr Pfarrer, und Sie müssen kuschen, weil der Kerl auf dem Rücksitz bestimmt eine Waffe in den Fingern hat. Der will nicht bloß ein Taxi, der will dich!‹

»Wohin wollen Sie denn?«, fragte er kleinlaut nach hinten.

»Abwarten«, tönte es zurück. Danach erhielt er Richtungsanweisungen. Jetzt nach rechts. Im Kreisverkehr links abbiegen. Über die Brücke auf die andere Neckarseite. Beermann probierte es mit einem lahmen Trick. In Kürze werde er tanken müssen, sagte er, aber sein Mitfahrer widersprach und meinte, der vorhandene Sprit werde reichen.

Der Typ redet ziemlich akzentfreies Deutsch, fand Beermann und wunderte sich, weil er überzeugt gewesen war, niemand anderen als Ahmed durch die Gegend zu kutschieren, den jungen Iraker, der über gute Deutschkenntnisse verfügen mochte, aber doch schwerlich imstande sein könnte, seine arabische Herkunft zu verleugnen.

Der Wagen kletterte eine schmale Bergstraße zum Wald hinauf. Beermann putzte Mal für Mal seine feuchten Hände an den Hosenbeinen ab und rätselte ergebnislos über die Absichten seines Entführers. Umbringen würde er ihn sicher nicht gleich wollen – und weshalb auch und zu welchem Zweck? Aber diese Reise in eine menschenleere Gegend, obendrein zu nachtschwarzer Zeit, machte ihm doch zu schaffen. Krampfhaft suchte er nach Einfällen, wie es ihm glücken könnte, den Eindringling los zu werden, sei es mit Hilfe einer List oder mit Gewalt. Aber er musste sich resigniert eingestehen, dass er in dieser Beziehung absolut einfallslos war. Feray würde mir helfen, dachte er, die schöne Lau mit ihren wunderbaren Kräften. Warum musste er auch unbedingt allein auf die Strecke, statt zu warten, bis er mit ihr zusammen hätte aufbrechen können? Es wäre angenehmer und vor allem sicherer gewesen.

Der Mann auf dem Rücksitz verlangte plötzlich, die Geschwindigkeit zu verringern, nach der nächsten Kurve liege rechts von der Straße ein Parkplatz, auf dem er anhalten solle. Beermann empfand siedend heiß, wie er diesen Augenblick gefürchtet hatte. Anhalten, aussteigen, einen Pfad in den abgelegenen Wald einschlagen …

Als er die Fahrertür öffnen wollte, sagte die Stimme hinter ihm: »Warten Sie! Auf der anderen Straßenseite, ein

Stück weit entfernt, erkennen Sie ein Haus.« Beermann entdeckte es erst in diesem Moment. »Es ist ein Lokal. Mit wenig Betrieb in dieser Zeit. Da will ich hin, und Sie sollen mitkommen. Sie müssen nichts befürchten, solange Sie nicht auf die Idee verfallen, den Helden spielen zu müssen. Wir werden uns an einen Tisch setzen, etwas trinken, etwas essen. Wie zufällig vorbeikommende Reisende, die eine Rast machen, um sich zu stärken. Wenn jemand neugierig wird und dumme Fragen stellt, sind wir Vater und Sohn. Kapiert?«

Beermann nickte und dachte: Vater und Sohn. Also bin ich doch mit diesem Ahmed auf Reisen.

Im Gastraum waren nur wenige Plätze belegt. Der Stammtisch wurde von drei Muskelmännern in blauen Arbeitskitteln eingenommen, die sich zum Feierabend ein Bierchen genehmigten. Am Fenster blätterte ein beschlipster Vertreter in seiner Werbebroschüre, und der vierschrötige Wirt hinter dem Tresen spülte Trinkgläser aus. Ein bisschen wie *Wirtshaus im Spessart*, dachte Beermann und spielte einen Augenblick lang mit der Versuchung, zur Tür hinauszustürzen und, bevor er eingeholt werden konnte, mit seinem Wagen davonzufahren. Er ließ es bleiben. Teils aus Vorsicht, teils aus Neugier, die sich kribbelnd in ihm zu regen begann. Das Lokal bedeutete jedenfalls auch einen Schutzraum, in welchem eine unmittelbare Gefährdung durch seinen aufdringlichen Partner nicht zu befürchten war. Setzte sich Ahmed mit ihm zusammen an einen Tisch, dann wollte er etwas in Erfahrung bringen oder selbst mitteilen. Beides versprach, interessant zu werden.

Der Wirt nahm die Bestellung auf, Bier und Rotweinschorle, dazu Leberkäs und Brot, und entfernte sich wieder. Beermann wartete gespannt. Sein Gegenüber strich sich mit einer Hand durchs Haar, fuhr sich übers Gesicht und setzte an: »Ich muss mich entschuldigen …«

Hoppla, dachte Beermann, was ist das?

»Ich muss mich entschuldigen, dass ich Sie so überfallen und scheinbar gekidnappt habe.«

»Scheinbar ist gut«, knurrte Beermann.

»Es war eine Chance. Vielleicht eine Chance. Ich saß in der Falle und musste da raus.«

»Und jetzt sind Sie raus?«

»Weiß ich nicht. Aber wenn mir einer weiterhelfen kann, dann sind Sie's!«

Der junge Mann schwieg, und Beermann starrte ihn an, überrascht und nachdenklich: »Sagen Sie, Ihr Name ist nicht wirklich Ahmed?«

Kurzes Kopfschütteln, bei niedergeschlagenem Blick.

»In Wahrheit sind Sie Markus. Markus Wackernagel!« In den Händen des plötzlich ganz stummen Entführers wurde ein Bierdeckel langsam gespalten und in immer kleinere Stücke zerlegt.

»Lassen Sie mich erzählen. Ich wollte an eine abgelegene Stelle, wo uns niemand aufstöbert und wo ich Zeit habe, meine Geschichte los zu werden.«

Der Wirt brachte die Getränke und erklärte mit finsterer Miene, dass ihm der Leberkäs ausgegangen sei. Dann eben keine Mahlzeit, einstweilen.

Beermann war mit seinem Stuhl vorgerückt und beugte sich, auf seine Unterarme gestützt, über die Tischplatte. Ich bin ganz Ohr, bedeutete das.

»Ich erzähle Ihnen meine Geschichte, weil Sie Pfarrer sind. Mein Vater wollte ja zu Ihnen ins Pfarrhaus. Mit dem Dolch, Sie wissen schon. Pfarrer müssen nicht herausrücken mit dem, was sie erfahren, stimmt's?«

»Nicht unbedingt. Kommt drauf an. Wollen Sie beichten?«

»Wenn's der Geheimhaltung dient …«

Beermann zuckte die Schultern und vermied eine eindeutige Auskunft.

»Also gut, Sie wissen jetzt, dass ich Markus Wackernagel bin. Eine Vollwaise. Erst der Vater tot, dann in kurzem Abstand hinterher die Mutter. Ein ziemlicher Hammer …«

›Und den Tod des Vaters hast du selbst auf dem Kerbholz‹, dachte Beermann, ohne ein Wort zu sagen.

»Ich bin in die Schule gegangen und war ein ziemlich mittelmäßiger Schüler in Tübingen. Bis in die Oberstufe hinein. Da wurde einmal ein freiwilliger Kurs in Archäologie angeboten, attraktiv gemacht durch einen kostenlosen Studientag in Heidelberg. Das wurde meine erste Begegnung mit Dr. Haller und seiner Orientalistik. Ich habe sofort Feuer gefangen und war begeistert. Endlich mal von einer Sache und einer Aufgabe richtig hingerissen! Ich wusste natürlich, dass mein Vater ebenfalls eine Neigung zur Kultur des Vorderen Orients besaß, aber er behielt das völlig für sich. Und Mutter, die sogar im Museum von Damaskus gearbeitet hatte, begrub vor lauter Assimilation ans deutsche Leben ihre eigene Vergangenheit.

Nach dem Abitur gab's für mich nur ein Studienfach, das in Betracht kam, die Archäologie. Ich hatte in der Zeit vorher alle möglichen Bücher und Fachzeitschriften durchgearbeitet und mich vor allem auf die Ausgrabungsstätten und Funde in Mesopotamien konzentriert. Ich hatte auch erreichbare Museen aufgesucht bis hin nach Berlin, und als ich über einen möglichen Studienort nachdachte, riet mir mein Vater, mich doch von Dr. Haller beraten zu lassen. Hab ich auch getan. Und Haller rückte mit dem Vorschlag heraus, mir einen Auslandsaufenthalt zu ermöglichen. Nach Damaskus habe er gute Kontakte, da könne er ein oder zwei Stipendiensemester an der Uni herausschlagen für mich oder – wahrscheinlich noch ergiebiger – ein Praktikum am dortigen Nationalmuseum. Da könne ich schwimmen in unüberschaubaren Schätzen der alten Kulturen, in vielfach noch gar nicht ausgewerteten und in Kisten verpackten Fundstücken der sumerischen, babylonischen und assyrischen Reiche. Jahrtausende altes Gut. Ich habe keine Sekunde gezögert, zuzugreifen und durch Hallers Hilfe nach Syrien zu reisen. Mutter war äußerst besorgt und drang in mich, den Plan noch einmal zu überdenken und den Weg mitten hinein in die Hölle zu vermeiden. Vater hielt sich zurück, meldete Bedenken an, verzichtete aber darauf, mich aufhalten zu wollen. Er wusste wohl, dass es ihm nicht gelingen würde.

In Damaskus war die allgemeine Stimmung angespannt, weil jeder zu jeder Zeit und an jedem Ort mit einem verirrten Geschoss oder mit einem detonierenden Sprengsatz rechnen musste, aber die Tätigkeit im Museum wurde trotzdem weitergeführt. Mit zwei syrischen Studenten wurde ich zunächst für Aufräumarbeiten in den Magazinen eingeteilt. Das war nicht schlecht, aber auch nicht gerade prickelnd. Katalogisieren, fand ich, ist mehr verwaltungstechnische als archäologische Arbeit. Hier war Sorgfalt gefragt, aber ich suchte das Abenteuer. Deshalb war ich sofort Feuer und Flamme, als meine beiden Kollegen erwähnten, sie planten eine mehrtägige Exkursion nach Palmyra. Das sei nicht ungefährlich, weil die Kontrolle des syrischen Staats über dieses Gebiet löchrig sei und Einheiten des ›Islamischen Staats‹ drauf und dran wären, der berühmten Karawanenstadt ihren Besuch abzustatten. Mich konnte das nicht schrecken, weil ich endlich eine Gelegenheit sah, an Originalschauplätze der archäologischen Forschung zu gelangen. Wir reisten also los in einem klapprigen japanischen Combi und erreichten unser Ziel ohne besondere Schwierigkeiten. Wir sahen uns um in der Ruinenstadt, bestaunten die eigenartigen, aus Lehmziegeln errichteten hohen Grabtürme und die Reste römischer Tempel mit ihren Säulenreihen und wagten uns am Ende aus der Stadt heraus auf die Höhe, um einen Überblick über das ganze Gelände mit seiner baulichen Anordnung zu gewinnen.

Und dort waren wir leider nicht aufmerksam genug. Wir tappten in eine Falle. Plötzlich tauchten verwegene Gestalten mit Pistolen und umgehängten Maschinengewehren auf, die nicht lange fragten und uns vor sich hertrieben bis zu einem Pickup, den sie an einer günstigen Stelle versteckt hatten. Wir wurden aufgeladen und fortgeschafft, und den Entführern wurde sofort klar, dass ich Europäer bin. Sie kannten keine Behandlung mit Samthandschuhen und hielten mir grinsend mal einen Revolver an die Schläfe, mal ein Messer an die Kehle, sodass ich mir sicher war, über kurz oder lang umgebracht zu werden. Die Männer machten ohne Ausnahme den Eindruck, in dieser Hinsicht sehr versiert und vor allem völlig skrupellos zu sein.

Die Reise ging Richtung Norden, und nach Stunden langten wir in einem Camp an, vor dessen Eingang sich Wächter in schwerer Bewaffnung aufgebaut hatten. Sie ließen den Pickup passieren, und wir gerieten in eine Ansammlung von Menschen, die uns neugierig musterten und mit unmissverständlichen Drohgebärden ihre Feindschaft spüren ließen. Vor einem mit Flaggen bestückten Zelt mussten wir absteigen und wurden einem grimmigen Bartträger vorgeführt, der die Rolle des Kommandanten einzunehmen schien. Er sah mir in die Augen, spuckte mir vor die Füße, machte mit der Handkante unter seinem Kinn die Geste des Halsabschneidens und lachte bösartig. Auf Schonung war nicht zu bauen.

Meine syrischen Kumpel, mit denen ich mich auf Englisch verständigte, erzählten mir nachher, was gesprochen wurde. Der Kommandant wollte natürlich wissen, woher wir kamen und was wir in Palmyra suchten, und er milderte seine Feindseligkeit ab, als er zu begreifen anfing, dass wir Experten für Archäologie seien. Genau das hatten die beiden Freunde ihm suggeriert, und es sollte sich herausstellen, dass sie damit eine Trumpfkarte gezogen hatten, die unser Überleben sichern konnte.

Man merkte jedenfalls, dass wir nicht allein als Todeskandidaten für teuflische Propagandaszenen des Terrors zu verwenden waren, sondern auch als Schatzgräber, die antike Kostbarkeiten orten, ans Licht befördern und nach Herkunft und Wert bestimmen könnten, so dass sich ein schwunghafter Handel damit betreiben ließ. Wir wurden anschließend viel herumgekarrt, wiederholt vernommen, auch geprügelt, damit wir bloß nicht übermütig würden, und wir täuschten Kompetenzen vor, die wir nur sehr eingeschränkt besaßen. Wir waren Gefangene des ›Islamischen Staats‹, aber zur besonderen Verwendung. Meine Kumpel mussten sich endlose Tiraden über die Verkommenheit des Westens anhören und über die unverzeihlichen Blasphemien der Gottlosen, aber sie wurden nicht im Waffengebrauch geschult. Wir wurden also der Abteilung ›Wirtschaft‹ zugeordnet und sollten antikes Raubgut für den Schmuggel ins Ausland vorbereiten. Unser Glück war, dass man uns nicht sofort mit Hacke und Spaten und anderem Gerät an irgendwelchen Orten absetzte, um dem Kulturboden verborgene Raritäten abzugewinnen, sondern dass man uns fürs erste sichten und sortieren ließ, was bereits in den Besitz der Kämpfer gelangt war, auf die eine oder andere Weise. Nicht zuletzt durch Plünderung von Sammlungen in städtischen Museen.

Wir gaben uns also fachmännisch, um unsere Haut zu retten, und wurden zu unfreiwilligen Komplizen des ›Islamischen Staats‹, weil uns keine andere Wahl blieb. Im Übrigen führte ich mir vor Augen, welche bescheidene Dimension diese amateurhafte Räuberei einnahm im Vergleich zur professionellen Antikenräuberei der Europäer in Kolonialzeiten. Wer Babylonisches und Assyrisches nicht in kleinen Partikeln, sondern in großen Monumenten bestaunen will, der ist ja gut beraten, sich im Pariser Louvre oder im Britischen Museum in London umzusehen. Dorthin hatte man die riesigen Statuen und ganze Bauten verfrachtet, als ob es selbstverständliches Recht der Europäer wäre, alte Kulturstätten überall in der Welt auszuschlachten, die Funde zu kassieren und an den Fundorten nichts als Schutt und Trümmer zu hinterlassen.

Na gut, solche Überlegungen beschwichtigten wenigstens meine Skrupel, bei gewissen Aktivitäten mitzuwirken, die daheim als frevelhaft oder mindestens als illegal eingestuft wurden. Der Frevel des Kunstraubs und der Kulturverschleppung hat eine lange Tradition und galt in westlicher Perspektive nicht mal als Kavaliersdelikt.«

Markus griff nach seinem Bierglas und nahm einen kräftigen Schluck. Ein bisschen hat er's gelernt, die Dinge mit den Augen der Dschihadisten anzusehen, dachte Beermann.

Der Erzähler wischte sich mit seinem Ärmel den Bierschaum vom Mund und fuhr fort: »Es war wirklich allerlei, was die Gotteskrieger an Material zusammentrugen. Vieles, sogar das meiste davon war reiner Müll. Tonscherben, die sie irgendwo ausgegraben oder im Vorbeigehen aufgelesen hatten, an denen man hier und da noch den modernen Firmenstempel erkennen konnte. Metallstücke, die eindeutig zu Geräten aus maschineller Produktion gehört hatten und anderes Zeug mehr. Man war beleidigt, wenn wir in diesem Sinne urteilten, aber unserem Ansehen als Fachleuten tat das keinen Abbruch, im Gegenteil. Und dann fand sich tatsächlich auch Erlesenes unter dem Abfall. Ich erinnere mich an ein Prachtexemplar, Bruchstück einer Weihetafel aus Gipsstein, die, wie meine syrischen Freunde vermuteten, wohl der sakralen Ausstattung eines alten Innana-Tempels zugesprochen werden durfte: Das Relief eines Stierkopfes mit mächtigem Gehörn. Leider bloß ein

Fragment, aber die bildliche Darstellung war unversehrt. Oder ein Figürchen aus Elfenbein, eine Grabbeigabe wahrscheinlich, ferner Schmuckstücke, ein Halsband aus verschiedenen Edelsteinen, eine kleine Alabasterstatue und Rollsiegel mit eingeschnittenen Reliefbildern. Dies alles war nun auch in pekuniärer Hinsicht kostbar und ließ sich unter Hehlern teuer verkaufen.

Unsere Auftraggeber beließen es leider nicht bei der Inanspruchnahme unserer kunstgeschichtlichen Kenntnisse. Sie wollten auch ausnutzen, dass ich Deutscher war. Wollten neue Absatzmärkte und Mittelsmänner in Deutschland erschließen. Eine Weile wehrte ich mich und stellte mich dumm. Sie halfen mit gröberen Mitteln nach und setzten mich unter Druck. Als ich mich wieder mal mit blutender Nase in einer Ecke wiederfand und mich vor Schmerzen im Bauch krümmte, weil sie mir mit Fausthieben und Fußtritten zugesetzt hatten, gab ich jeden Widerstand auf. Ich nannte ihnen Namen, Anschrift, Kommunikationsdaten von Dr. Haller in Heidelberg.«

»Und zogen ihn mit in Ihre Geschichte hinein.«

»Ich hatte ja keine Ahnung, was daraus werden sollte. Einen Namen preiszugeben im fernen Deutschland schien mir ziemlich ungefährlich zu sein. Haller konnte sich einfach stur stellen und nicht mitspielen. Er hatte sich, wie ich später erfuhr, während meiner Abwesenheit von Damaskus wiederholt bei seinem Verbindungsmann im Museum gemeldet und sich nach meinem Verbleib erkundigt. Man gab ihm die Auskunft, dass ich bei einer Exkursion nach Palmyra verschollen sei. Den Rest konnte er sich zusammenreimen. Er setzte meine Eltern in Kenntnis, die natürlich tief erschrocken waren, wobei meine Mutter sich klagend in ihren Kokon einspann und Vater einen unbändigen Zorn gegen islamische Extremisten und gegen den Islam überhaupt entwickelte …«

»… und dann entsprechende polemische Traktate verfasste, um sie irgendwo in Zeitschriften zu veröffentlichen.«

»Genau. Was ich unterschätzt hatte damals, war die strategische Reichweite des ›Islamischen Staats‹. Erst einmal mit Hallers Daten bekannt gemacht und darauf bauend, dass er über ein fein gesponnenes Netz von Beziehungen verfügen dürfte, das sich zum Vertrieb von orientalischen Altertümern prächtig nutzen ließ, setzten sie Agenten ihrer Organisation auf ihn an und drangsalierten ihn, bis er sich zur Kooperation bereit erklärte. Und dann geschah etwas, das ich überhaupt nicht vorhersehen konnte. Haller fand Geschmack am illegalen Handel mit antiken Wertgegenständen und ersann Tricks und Schliche, die saftigen Gewinne nicht bloß an den ›Islamischen Staat‹ abzuführen, sondern auch zum eigenen Vorteil einzustreichen. Kurzum, er bedrängte mich, Fundstücke am ›Islamischen Staat‹ vorbei und mittels einer Kontaktadresse beim Nationalmuseum in Damaskus direkt nach Heidelberg zu schmuggeln. Er nahm in Kauf dabei, dass die Sache für mich sehr riskant werden musste, und als ich zögerte mitzuspielen, versuchte er's sogar mit Drohungen. Er habe Mittel und kenne Wege, dafür zu sorgen, dass mir das Leben unter radikalen Dschihadisten sauer werde. Also gab ich nach und belieferte ihn mit den begehrten Objekten.

Eine entscheidende Wendung nahmen die Dinge, als unsere Aufseher beschlossen, uns jetzt auch an verheißungsvollen Plätzen selber graben zu lassen. Wir wurden nach Mossul transportiert, die Stadt, die inzwischen von den Islamisten beherrscht wurde und in deren näherem Umfeld sich Grabungsstätten befanden. Uns wurde mulmig, weil wir mit unserem geringen Fachwissen und ganz ohne praktische Erfahrung auf keinen Grabungserfolg hoffen konnten. Buddelten wir fleißig in der Erde herum, ohne Nennenswertes zu Tage zu fördern, war unser Ansehen schnell verspielt, mit absehbaren unangenehmen Folgen. Wir drei beratschlagten deshalb und entschlossen uns zur Flucht, bei einigermaßen günstiger Gelegenheit. Das war alles andere als gefahrlos, aber wir hatten Glück. Wir stahlen uns in der Nacht davon, kamen unentdeckt aus Mossul heraus nach Norden und erwischten sogar einen Transporter, der uns mitnahm und vor den Nachstellungen der Verfolger in Sicherheit brachte. Auf abenteuerlichen Wegen rückten wir vor bis an die türkische Grenze. Dort nahmen wir Abschied voneinander, und ich kam, zerzaust und verschrammt an Leib und Seele, aber froh, am Leben zu sein, nach Deutschland zurück.«

Beermanns Handy summte. Er griff in die Rocktasche, und Parler meldete sich. Ob er sich noch in Heidelberg aufhalte. Beermann verneinte und erklärte, er befinde sich auf dem Heimweg, nehme nur grade einen Happen zu sich in einer Wirtschaft an der Straße.

»Was haben Sie bei Haller erfahren?«, wollte Parler wissen.

»Nichts. Ich habe ihn gar nicht angetroffen. Auch nicht bei einem zweiten Versuch gegen Abend.«

»Jetzt hören Sie mal gut zu, Beermann«, tat Parler geheimnisvoll und räusperte sich. »Feray hat in Tübingen eine echte Entdeckung gemacht. In Wackernagels Fotoalbum. Da waren natürlich Bilder drin von ihm selber und seiner Frau, aber auch vom Sohn.«

»War doch zu erwarten – oder?«

»Nicht unbedingt. Jedenfalls nicht mit dem Ergebnis, das ich jetzt in der Hand habe.«

»Und zwar?«

»Was denken Sie: Der junge Mann hat eine frappierende Ähnlichkeit mit diesem Ahmed, den wir in Hallers Heidelberger Wohnung zu Gesicht bekommen haben.«

Beermann zögerte: »Das bedeutet?«

Er sah seinen Gesprächspartner förmlich dasitzen in dessen Büro, breitbeinig hinter seinem Polizistenschreibtisch, auf dem ein paar Fotos ausgebreitet lagen, und selbstgefällig vor sich hin feixend.

»Was schließen Sie aus dieser vermeintlichen Ähnlichkeit, Parler?«

»Na, Herr Pfarrer, mit einer richtigen detektivischen Spürnase sind Sie halt doch nicht gesegnet. Aber ich kann Ihnen helfen. Der junge Mann auf dem Foto ist niemand anderes als Ahmed, und weil sich das Bild in Wackernagels Familienalbum befindet, ist dieser angebliche Ahmed niemand anderes als der brave Sohn Markus, der seinen Vater auf dem Gewissen hat.« Beermann spürte die satte Genugtuung in Parlers Stimme und gab sich Mühe, sein Erstaunen glaubwürdig erscheinen zu lassen.

»Wir müssen jetzt unsere Anstrengungen auf diesen Markus konzentrieren«, sagte Parler. »Sie haben nichts von ihm gehört oder gesehen in Heidelberg?«

»Meine Absicht war, Haller zu besuchen und nicht,

diesen falschen Ahmed aufzuspüren.« Beermann musste vor sich hin schmunzeln, weil es ihm wieder einmal gelungen war, eine offensichtliche Lüge sprachlich so einzukleiden, dass sie formal als wahrheitsgemäß durchgehen konnte. ›Jesuitisch‹ hatte sein Vater diese Begabung genannt, die er in seiner Jugend entwickelt und bei Gelegenheit zur Verschleierung von Sachverhalten ebenso wie zur Beruhigung seines Gewissens eingesetzt hatte.

Parler jedenfalls gab sich zufrieden und bohrte nicht weiter. »Kommen Sie gut nach Hause«, meinte er väterlich, »es ist Schnee angesagt.«

Markus saß vor Anspannung kerzengerade auf seinem Stuhl und starrte Beermann an: »Sie haben mit der Polizei telefoniert und mich nicht verpfiffen«, sagte er leise.

Der Gast am Fenster war verschwunden, und die Drei in Arbeitskitteln hatten sich zum Skatspiel entschlossen und droschen ihre Asse auf die Tischplatte. Der Wirt kiebitzte ein bisschen, pflanzte sich zum wiederholten Mal neben Beermann auf und erkundigte sich nach ihren Wünschen. Um Ruhe zu haben, bestellten sie ein weiteres Bier und einen Trollinger.

»Die Polizei weiß inzwischen, dass Sie Markus Wackernagel sind«, fasste Beermann sein Gespräch mit Parler zusammen. »Sie wird jetzt tüchtig Dampf machen, Sie zu erwischen.«

»Weiß ich«, sagte Markus, »mich wundert bloß, dass sie so lange gebraucht haben, bis sie drauf gekommen sind.«

Beermann schaute den jungen Mann an, der seinen Blick gesenkt hielt und mit dem leeren Bierglas spielte. Die schwarzen Locken umstanden seinen Kopf und waren anscheinend nicht zu bändigen. Sie rahmten ein bleiches Gesicht mit schmalem Nasenrücken und mit asketisch eingesunkenen Wangen. Wenn er aufblickte, wirkten seine Augen, als hätten sie seit langem das Lachen verlernt. ›Er ist durch wilde Wasser geschleust und unbarmherzig durch die Mühle gedreht worden‹, dachte Beermann. Kein Killer jedenfalls. Einer, dem man die Begeisterung für eine Wissenschaft, für ein Forschungsgebiet abnimmt. Auch Abenteuerlust, ja. Aber Mord am eigenen Vater? Vielleicht haben sich gewisse Umstände, in die er unglücklich hineingeraten war, derart verhängnisvoll entwickelt, dass ihm eine Handlung aufgezwungen wurde, die er überhaupt nicht vorgesehen, dafür nachher umso bitterer bereut hat.

›Moment!‹, rief sich Beermann selbst zur Ordnung. ›Gib Acht, dass du dich jetzt nicht vergaloppierst. Du bist schon dabei, Entlastungsgründe zusammenzukratzen für einen Verdächtigen, von dem du immer noch viel zu wenig weißt.‹

»Ich habe mich nicht getäuscht, als ich dachte, Sie könnten mir helfen«, begann Markus vorsichtig.

Beermann holte tief Luft und ließ sie mit dünnem Pfeifen wieder entweichen. Dass er für jemand gehalten wurde, von dem Hilfe erwartet werden konnte, schmeichelte ihm. Und er musste sich eingestehen, dass seine seelsorgerliche Tätigkeit ihm häufig dieses balsamische Gefühl eingab, von anderen geschätzt und gebraucht zu werden. Aber jetzt traf ihn doch eine Erwartung ganz anderer Art. Die Zumutung, einem von der Polizei gesuchten mutmaßlichen Verbrecher unter die Arme zu greifen. Beihilfe, hieß das, Beihilfe in einem kriminellen Fall der heftigeren Sorte. Boykottierung polizeilicher Ermittlungen.

»Ihnen helfen«, sagte er deshalb, »wie stellen Sie sich das vor?«

»Ich werde verfolgt.« Markus flüsterte, als säße ein verdächtiger Zuhörer am Nachbartisch. »Die Polizei hat Wind bekommen, wie Sie selber wissen. Aber auch bei Haller kann ich nicht bleiben und konnte es schon nicht mehr, bevor Sie auftauchten. Und dann gibt es Agenten des ›Islamischen Staats‹, die mir nachspionieren, eine komplizierte Geschichte.«

»Erzählen Sie mir die Geschichte.«

»Den ersten Teil haben Sie gehört. Den zweiten Teil sollen Sie ebenfalls hören, aber nicht jetzt. Ich gebe ihn nur preis unter der Bedingung, dass Sie mir wirklich helfen.«

»Und womit?«

»Mit einem Versteck. Einem vorübergehenden Versteck. Sie wohnen in einem Pfarrhaus, und Pfarrhäuser sind geräumig, das weiß ich. Geräumig und verschwiegen. Dort kann man jemanden unterbringen, ohne dass es sofort auffliegt. Ein Pfarrhaus betritt keiner, der da nicht unbedingt hingehört.«

»Haben Sie eine Ahnung!«, seufzte Beermann und verkniff sich detailgenauere Einwände.

»Ich verhalte mich vollkommen ruhig und werde keinerlei Belastung sein für Sie und Ihre Frau«, beteuerte Markus.

»Und wozu das Versteckspiel?«, fragte Beermann. »Was hindert Sie, sich gleich an die Polizei zu wenden? Wenn Sie unschuldig sind, geraten Sie so am schnellsten auf die sichere Seite.«

»Ich bin nicht unschuldig.« Markus hatte den Satz herausgepresst, der ihm nicht leicht über die Lippen gekommen war, und saß nun steif da, als hätte er eine Jalousie heruntergelassen.

Beermann schluckte von seinem Trollinger, der reichlich sauer statt fruchtig herb schmeckte, und dachte an Bettina. Sie würde keinen Widerstand leisten. Sie würde den Überraschungsgast mit der schmutzigen Weste vielmehr mit Vergnügen empfangen und sich umgehend in ein Spiel einmischen, das der Polizei, insbesondere Parler eine Nase zu drehen versprach. Bedauern würde sie höchstens, dass davon niemand in der Gemeinde erfahren durfte. Frau Brotbeck im Sekretariat war im Vergleich zu seiner Frau die entschieden gefährlichere Adresse, weil im Pfarrhaus nichts aus und ein zu gehen pflegte, was ihrer Aufmerksamkeit entging. Sie gleichsam in ein Komplott einzubeziehen, war völlig undenkbar. Selbst wenn sie bereitwillig mitgemacht hätte, wäre die Wahrscheinlichkeit groß gewesen, dass sie sich vor den falschen Ohren verplapperte.

»Nehmen Sie mich mit, geben Sie mir Asyl«, flehte Markus, »und ich verspreche Ihnen, sobald die Polizei diesem ehrenwerten Dr. Haller sichere Handschellen angelegt hat, kann ich aus meiner Deckung heraus, und Sie sind mich los.«

Also doch dieser Haller! Der Dozent für Orientalistik hatte sich hinreißen lassen, mit antikem Raubgut dunkle Geschäfte zu machen. War er sogar die Spinne im Netz einer kriminellen Organisation, die mit Dschihadisten zumindest auf wirtschaftlichem Gebiet gemeinsame Sache machte? Und die auch Markus wie ein ahnungslos herumtaumelndes Insekt in ihrem Netz gefangen hatte?

»Sie bringen mich in Teufels Küche«, sagte Beermann.

»Und wer«, erwiderte sein Gegenüber mit einem plötzlichen Grinsen, »wer, wenn nicht ein Pfarrer, wird aus Teufels Küche heil herausfinden?

Tatsächlich hatte es zu schneien begonnen. Die Flocken tanzten im Licht der Scheinwerfer über die Straße, ohne eine weiße Decke zu bilden. Als sie von der Höhe herunter ins Neckartal fuhren, ging der Schneefall in Regen über. Markus erzählte, und Beermann war ein gefesselter Zuhörer:

»Von der irakischen Antikenbeute in Händen des ›Islamischen Staats‹ hatte ich mir vor der Flucht einen kostbaren Bronzedolch beiseitegelegt. Ich wollte ihn in Deutschland für gutes Geld verhökern. Anderen hatte ich mit solchem Zeug zu beträchtlichen Einkünften verholfen, jetzt wollte ich mich eben auch ein bisschen bedienen. Als kleine Rache an meinen Peinigern und zur Schaffung einer finanziellen Grundlage für mich selber. Es gelang mir, ohne große Schwierigkeiten, den Dolch über Grenzen und durch Zollkontrollen zu schmuggeln. Wenn es die Profis schaffen, sogar Kalaschnikows und anderes Kriegsgerät quer durch Europa spazieren zu fahren, müsste auch ich so einen Dolch heimlich mit mir führen können.

Die Probleme begannen, nachdem ich mit Haller Kontakt aufgenommen hatte. Ich wollte von ihm bloß die Adresse eines Mittelsmannes erfahren, durch den ich meine Ware absetzen konnte. Und ich merkte auf der Stelle, dass ich in ein Wespennest gegriffen hatte. Haller war wütend und kurz angebunden. Was mir einfalle, bei ihm anzurufen und Unverschämtes zu erbitten! Er habe einen Ruf zu verlieren und rate mir, jede Verbindung zu ihm abzubrechen und vor allem Dritten gegenüber jede Anspielung auf eine persönliche Bekanntschaft oder sogar geschäftliche Kumpanei mit ihm zu unterlassen. Das war deutlich, aber so leicht sollte er seinen Kopf nicht aus der Schlinge ziehen.

Ich reiste zu meinen Eltern nach Tübingen. Mutter, die gute Seele, war außer sich vor Freude und Rührung, den verlorenen Sohn wieder umarmen zu können. Vater benahm sich zurückhaltender, war interessiert an Einzelheiten meiner Odyssee und nahm Anstoß an meinen Schmuggelaffären. Vor allem die Sache mit dem Bronzedolch ging ihm mächtig gegen den Strich. ›Abgesehen davon, dass du dich mit dieser antiken Waffe im Gepäck den größten Gefährdungen aussetzt‹, sagte er, ›ist es eine Schande, die verbrecherischen Methoden der Terroristen gewissenlos zu übernehmen. Aber vielleicht haben sie dir ja nicht nur in den Bauch getreten und die Nase blutig geschlagen. Vielleicht haben sie obendrein dein Hirn gewaschen und alles rausgespült, was wir früher mal hineinzupflanzen versuchten, und stattdessen ihre Giftpilze implantiert, die sich rasch vermehren und das ganze Gewebe durchwuchern.‹ Er hat mich angeschrien, und ich habe zurückgeschrien, und Mutter rang ihre Hände und flehte uns an, mit der Streiterei aufzuhören. Sie hatte Erfolg damit, und wir beruhigten uns. Aber Beruhigung ist eines, Versöhnung ein anderes. Von der Bereitschaft dazu entdeckte ich keine Spur bei meinem Vater, und mir wurde klar, dass ich in seinem Haus nicht bleiben konnte. Um einen halbwegs erträglichen

Abgang zu ermöglichen, gab ich seinem Wunsch nach, den Dolch zurückzulassen und ihn vorläufig seiner Obhut anzuvertrauen.

Weil ich niemanden sonst kannte, an den ich mich hätte wenden können, und weil ich außerdem die Absicht, aus dem Bronzedolch ordentliches Kapital zu schlagen, keineswegs aufgegeben hatte, fuhr ich nach Heidelberg. Ich wollte Haller nicht besuchen, ich wollte ihn stellen. Schließlich wusste ich zu viel über ihn, als dass es ihn gleichgültig lassen konnte, was ich mit meinen Kenntnissen anfing.

Er zeigte sich überrascht und empört, als ich bei ihm auf der Matte stand, merkte aber auch, dass er mich nicht einfach abwimmeln konnte. In seinem Wohnzimmer saßen wir uns in tiefen Polstersesseln gegenüber und belauerten uns wie Raubtiere, die auf ein Anzeichen von Schwäche oder von Unachtsamkeit beim Gegner warten. Weil ihm bewusst geworden war, dass mit Einschüchterungsversuchen bei mir nicht viel zu gewinnen war, versuchte er's mit Beschwichtigung. Seine Aufregung sei gewaltig gewesen bei meinem Anruf, und ich möge ihm nachsehen, wenn er sich unangemessen grob verhalten habe. Natürlich wisse er, was für Strapazen und was für Quälereien ich hinter mir hätte. Und so weiter und so fort. Lauter Mitleidsgesülze, das vor Verlogenheit die Luft verpestete. Ich hörte mir's an und dachte mir meinen Teil. Und beschränkte mich darauf, irgendwann die Bemerkung einzustreuen, dass ich auf einem Pulverfass säße. Dass er aber gewiss sein dürfe, mit in die Luft zu fliegen, wenn es explodieren sollte.

Er wurde immer zahmer und wohlwollender, aber auch immer heimtückischer meinem Eindruck nach und lud mich am Ende ein, in seiner Wohnung Unterschlupf zu finden für eine gewisse Zeit. Platz sei genug vorhanden, sagte er, und eine Frau und Kinder gebe es nicht, die stören könnten.

Ich nahm sein Angebot an, weil ich kein besseres in Aussicht hatte, und wurde sein kostenfreier Pensionsgast. Was nicht leicht war und nicht von vornherein zu erwarten, klappte einigermaßen. Wir arrangierten uns. Waren keine Freunde und wollten keine sein und teilten eine Wohnung, ohne unser Leben zu teilen.

Aber mein Fehler war, dass ich ihm von meiner Beute aus dem Irak erzählt hatte, von dem wunderbaren und wertvollen Bronzedolch, der zwischenzeitlich im Haus meines Vaters in Tübingen verwahrt werde. Eigentlich hätte ich's sofort merken müssen, aber ich habe schlicht übersehen oder anfangs auch übersehen wollen, wie die Gier von ihm Besitz ergriff. Er wollte den Dolch unbedingt haben. Und was er einzusetzen bereit war, um diesen Dolch zu bekommen, davon hatte ich keine Ahnung.«

Auf der Höhe von Gundelsheim zeigte Beermann die Stelle, wo Aisha tödlich verunglückt war. Markus bat darum anzuhalten. Er stieg aus und stand wie verloren an der verbogenen Leitplanke, die man bislang nicht ausgebessert hatte. Der Regen war kräftiger geworden, aber Markus kümmerte sich nicht darum. Er strich zärtlich mit der Hand über das verschrammte Metall und trat mit dem Fuß gegen einen Begrenzungspfosten, der sich unter der Wucht des Aufpralls zur Seite geneigt hatte. Beermann überlegte, ob er ebenfalls aussteigen und zu dem jungen Mann hinübergehen sollte. Er entschied sich dagegen. Markus trauerte und nahm Abschied, vielleicht überhaupt erst in diesem Augenblick. Einige Autos passierten die Stelle und übergossen ihn mit Wolken von der regennassen Straße. Er schien es nicht zu bemerken. Als er endlich wieder neben Beermann Platz genommen hatte, war sein Gesicht blass wie das eines Totkranken und tropfnass, als hätte er unter der Dusche gestanden. ›So muss er sich nicht genieren wegen seiner Tränen‹, dachte Beermann.

Die Fahrt wurde unter Schweigen fortgesetzt. Beermann hatte sich vorgenommen, seinem Beifahrer Zeit zu lassen und abzuwarten, bis er von selbst weitererzählen würde. Das dauerte. Markus schniefte und schaute zum Seitenfenster hinaus in die Dunkelheit. Von der Anhöhe über dem Neckar blinkten ein paar Lichter aus der Kaiserpfalz Bad Wimpfen. Sie nahmen die Auffahrt zur Autobahn. Als sie bei mäßigem Tempo die Abzweigung Richtung Stuttgart erreichten, fragte Markus unvermittelt: »Ist der Tod wirklich das Ende?«

Beermann war auf diese Frage nicht gefasst. Er hatte angenommen, dass Markus die Umstände ansprechen würde, die zum Unfalltod seiner Mutter beigetragen hatten, und musste sich angesichts der gestellten Frage zunächst besinnen. Bestimmt will er jetzt keinen theologischen Exkurs über die Endlichkeit des Lebens und die christliche Hoffnung hören, dachte er. Also bitte keinen Stoff fürs Hirn, sondern etwas für die Seele.

»Du hast vorhin Abschied genommen von deiner Mutter«, begann er deshalb und merkte gar nicht, dass er auf einmal zum Du übergegangen war.

»Abschied nehmen, wenn ein Wiedersehen zu erwarten ist, das geht«, sagte Markus, »Abschied ohne Wiedersehen …« Er verstummte. Sein Schweigen füllte den Innenraum des Wagens, als verwehre es jedem Wort, jedem Klang, respektlos dazwischenzufahren. Beermann hatte das peinigende Gefühl, etwas sagen zu müssen, um die Verkrampfung zu lösen, aber es fiel ihm nichts ein. Jeder Satz, den er in Gedanken durchspielte, wurde verworfen, weil er ihm trivial und gestanzt vorkam. Endlich gab er sich einen Ruck und sagte: »Du entdeckst gerade, dass du deine Mutter mehr geliebt hast, als du selber dachtest.«

Markus nickte heftig und trommelte mit beiden Fäusten auf seine Knie. »Sie könnte leben, wenn ich mich anders verhalten hätte.«

›Tiefster Bodensatz bei der Trauer ist doch immer das Schuldgefühl‹, dachte Beermann. Und bevor er sich eine weitere Bemerkung zurechtgelegt hatte, setzte Markus wieder ein:

»Sie hat Haller aufgesucht in Heidelberg. Wie der Besuch genau abgelaufen ist, weiß ich nicht, weil ich zu derselben Zeit in der Stadt unterwegs war. Aber es muss eine Auseinandersetzung gegeben haben. Haller war immer noch wütend, als ich zurückkam, und warf mir an den Kopf, dass ich stolz auf eine hysterische Mutter sein dürfe. Sie sei plötzlich aufgekreuzt und habe ihm eine Szene gemacht, die in jedem Stockwerk des Hauses bequem zu verfolgen gewesen wäre, und er habe sie schließlich mit Gewalt an die frische Luft setzen müssen.«

»Mehr hat er nicht herausgerückt?«

»Nein. Aber ich konnte mir dies und das denken. Bestimmt warf sie Haller vor, mitschuldig an meinem verkorksten Forschungsabenteuer zu sein. Und vielleicht hat sie sogar den Verdacht geäußert, dass er verantwortlich für den Tod meines Vaters sei.«

»Ein schweres Geschütz, allerdings.«

»Dabei war meine Mutter zurückhaltend, beinahe ängstlich. Ein Teil davon war ihr von Natur eigen, den anderen Teil hat ihre muslimische Erziehung beigetragen. Als ich noch zu Hause lebte, habe ich manchmal gewünscht, sie möchte nicht alles herunterschlucken, was ihr von meinem Vater vorgeworfen wurde, der selbstgerecht und knochenhart sein konnte. Sie war viel zu fein und viel zu demütig, um aufzubegehren und ihr Recht zu beanspruchen. Und diese Frau ist bei Haller eingedrungen und hat ihm die Hölle heiß gemacht. Was muss sie durchkämpft und erlitten haben, bis sie zu so einem Schritt imstande war!«

»Kein Wunder, dass sie in ihrem aufgewühlten Zustand bei der Rückfahrt verunglückte.«

»Aber es wäre nicht geschehen, wenn ich daheim geblieben wäre und die Launen meines Vaters einfach ausgehalten hätte. Ihr zuliebe hätte ich das packen müssen.«

Markus verstummte wieder, und Beermann hatte den Eindruck, dass er weinte. Er ließ ihn gewähren. Kurz vor der nördlichen Ausfahrt Ludwigsburg richtete Markus sich in seinem Sitz auf, putzte sich ausgiebig die Nase und erklärte: »Bevor wir ankommen, muss ich Ihnen den Rest meiner Geschichte erzählen.«

›Den spannendsten Teil‹, dachte Beermann, ›mit hoffentlich glaubhaften Details über Wackernagels Ende.‹

»Ich muss noch mal auf den Dolch und die Zeit vor dem Mord an meinem Vater zurückkommen«, sagte Markus.

»Ich wollte eigentlich mein Glück machen, aber der Dolch ist mein Unglück geworden. Wie ein verfluchter Gegenstand, der zuerst glänzt und verlockend wirkt und sich nachher als Werkzeug aus einer Teufelsschmiede erweist.

Mein angespanntes Verhältnis zu Haller änderte nichts daran, dass ich weiter in seiner Wohnung blieb. Wir waren wie mit unsichtbaren Stricken aneinandergefesselt. Ich kam von ihm nicht los, weil er mir Logie gewährte und meine Anonymität schützte. Und er kam von mir nicht los, weil er mich in seiner unmittelbaren Nähe am besten kontrollieren und dabei sicher sein konnte, dass ich ihn nicht verriet. Ich hatte keinen Zweifel daran, dass er seinen kriminellen Handel mit antiken Schätzen aus dem Zweistromland munter fortsetzte, aber er hielt dicht und ließ mich nichts davon wissen. Und die Typen im Dienst des ›Islamischen Staates‹, mit denen er seine Kontakte pflegte, traf er irgendwo in geheimen Ecken. Jedenfalls nicht bei sich in der Wohnung.

Wie seine außerakademischen Geschäfte liefen, vermochte ich nicht einzuschätzen. Aber ich glaube, dass sie lahmten. Ich meinte, darauf schließen zu können, weil er wiederholt auf meinen Dolch zu sprechen kam. Zuerst unter der Anstrengung, gewinnend zu wirken. Dann immer drängender. Sein Angebot, den Dolch, der bis dahin ja immer noch bei meinem Vater in der Schublade lag, zu kaufen für einen guten Preis, lehnte ich ab. Er nannte Phantasiesummen, aber ich zeigte kein Interesse. Als ihm deutlich wurde, dass ich die Kostbarkeit überall in der Welt gegen einen ordentlichen Betrag veräußern, aber niemals an ihn abtreten würde, probierte er es mit Drohungen. Er habe es nicht nötig, um meine Gunst in dieser Angelegenheit zu betteln, schnaubte er, ihm stünden andere Mittel zur Verfügung. Schließlich wisse er, wo der Dolch verwahrt werde und mein Vater stelle für ihn kein ernsthaftes Hindernis dar. Dies war der Augenblick, in dem ich beschloss, meinen Vater anzurufen und ihm zu raten, den Dolch anderswo unterzubringen, am besten bei einem Freund, dem er vertrauen könne.«

»Und dann ist er auf die Idee gekommen, mich zu seinem geheimen Schatzmeister zu erwählen und das Ding bei mir im Pfarramt zu hinterlegen.«

»Richtig. Was ja auch vernünftig war. Er hat seinen Besuch bei Ihnen angekündigt, aber den Grund für seinen Besuch verschwiegen, weil er Ihnen eine vorzeitige Aufregung ersparen und Ihre Verweigerung der Transaktion vermeiden wollte. Und jetzt folgt ein Abschnitt der Geschichte, der für mich nicht vollkommen durchsichtig wird. Tatsache ist, dass mein Vater mich anrief und mitteilte, er werde Sie in Stuttgart aufsuchen und bitten, den Bronzedolch für eine gewisse Zeit in Verwahrung zu nehmen. Weil es sich aber um meinen Dolch drehe und er selber nach der Übergabe mit dem verfluchten Ding nichts mehr zu tun haben wolle, lege er Wert darauf, dass ich mich zur verabredeten Zeit ebenfalls bei Ihrem Pfarrhaus einfinde und die nötigen Absprachen mit Ihnen selber treffe. Mir hat das eingeleuchtet und ich habe zugesagt. Was ich aber nicht mitbekommen habe und was mir bis zur Stunde schleierhaft bleibt, ist der geheimnisvolle Weg, auf dem Haller von unserer Absprache erfahren hat. Vielleicht habe ich in der Nacht laut geträumt oder er hat mein

Telefonat abgehorcht oder hat meine Mutter erpresst oder was sonst – ich weiß es nicht.

Jedenfalls trafen wir in Ihrem Pfarrhof unerwartet aufeinander. Ich und mein Vater, den ich vom Bahnhof abgeholt hatte, und Haller, der sich irgendwo in den Winkeln herumgedrückt und auf uns gewartet hatte. Außer uns war in der Abenddämmerung niemand in der Nähe. Haller trat auf uns zu, kam ohne Umschweife zur Sache und verlangte den Dolch. Er biete zweitausend Euro. Und Vater machte tatsächlich Anstalten, dieses lächerliche Angebot zu überdenken, und fingerte schon am Verschluss seiner Aktentasche herum, um den Dolch herauszuholen. Ich war außer mir, stieß meinen Vater in die Seite, dass er taumelte, und fuhr ihn an, er solle jetzt keine Dummheit begehen und diesem raffgierigen Haller nicht in den Hintern kriechen. Haller mischte sich ein, und es wurde ein Handgemenge draus, das verbissener nicht hätte sein können und in eine kräftige Rauferei überging. Ich versuchte, Vater zu schützen, vor allem aber den Inhalt seiner Aktentasche, die sich inzwischen geöffnet hatte und von ihm nur mit Mühe zugehalten werden konnte. Plötzlich stand Haller da, mit dem Bronzedolch in der erhobenen Rechten. Er grinste triumphierend und keuchte, dass ein vertrockneter Bücherwurm samt seiner missratenen Leibesfrucht ihn nicht hindern könnten zu nehmen, was ihm zustehe. Und das war zu viel für meinen Vater. Er ging auf Haller los wie der Stier aufs rote Tuch, boxte und trat um sich und rang mit ihm. Haller war ernsthaft dabei zu unterliegen und in seiner Not besann er sich darauf, dass das Objekt seiner Gier ja eine Waffe war. Er holte aus und stach zu, bevor ich dazwischen gehen konnte. Vater stand auf einmal ganz starr, mit dem Dolch im Rücken, und drehte sich zu mir um, zeitlupenhaft langsam, während Haller, über seine Mordtat auf einmal entsetzt, beide Hände vors Gesicht schlug und dann aus dem Hof heraus auf die Straße stürmte.

Es waren nur wenige Schritte zur Pfarrhaustür, und ich führte meinen Vater dorthin. Er sprach kein Wort und sah nur mit ängstlichen Augen um sich. Ich klingelte, aber ich wollte nicht bleiben, weil ich selber von einer panischen Angst ergriffen war. Als ich hörte, dass sich innen jemand auf die Eingangstür zu bewegte, verschwand ich um die Hausecke und versteckte mich hinter der Garage. Am späten Abend erst traute ich mich da wieder heraus.«

»Das habe ich mitgekriegt«, sagte Beermann, »als ich auf der Terrasse drüber nachdachte, was mit Ihrem Vater passiert war.«

Er fühlte sich erleichtert. Markus war also nicht der Mörder seines Vaters, wenn man ihm Glauben schenken konnte. Aber so, wie er ihn erlebt hatte in den letzten Stunden, war Beermann sicher, dass Markus ihm keinen Bären aufgebunden hatte.

»Ich muss noch anfügen«, sagte Markus, »dass ich zu Haller nach Heidelberg zurückgekehrt bin. Das ist mir nicht leichtgefallen, wie Sie sich denken können, aber es war wie ein Zwang, dem ich folgen musste. Haller war völlig durcheinander und wurde handgreiflich, als ich unversehens in seiner Wohnung erschien. Er wollte mich hinauswerfen, aber ich ließ mich nicht abweisen. Ich verlangte, dass er sich der Polizei stelle. Täte er's nicht, dann würde ich es tun. Er fing an zu flennen und beteuerte, dass er niemals die Absicht gehabt habe, meinen Vater umzubringen. Es sei ein Unfall gewesen. Und Notwehr. Ja, er habe nichts anderes getan, als in Notwehr zu handeln. Bei solchen Entschuldigungen, die er sich selber ausstellte und in die er sich immer mehr hineinsteigerte, lief er unruhig im Zimmer herum und bedachte mich mit irren Blicken. Mir kam der Gedanke, dass er sich auf der Kippe zum Wahnsinn befinde und dass dann erst recht nicht vorherzusehen sei, was er noch alles anstelle. Ich fing deshalb an, gegen meinen Willen und gegen alle meine Gefühle beruhigend auf den Mann einzuwirken. Es gelang mir nach einer Weile, ihn mit Nachdruck in seinen Sessel zu verfrachten und ihm ein großes Glas Whisky einzutrichtern. Später habe ich ihn nach weiterer Alkoholzufuhr ins Bett gebracht.

Am folgenden Tag trafen wir ein neues Arrangement, das noch gültig war, als Sie mit Ihrem Hauptkommissar auf der Bildfläche erschienen. Wir vereinbarten sozusagen einen Waffenstillstand, doch keinen Frieden. Haller versprach, sich bei der Polizei zu melden, bloß nicht sofort. Dass er Federn lassen müsse, sei ihm klar. Aber er habe noch einiges zu regeln, damit es nicht zu viele würden. Ich war einverstanden. Weil ich im Grunde selbst keinen Drang verspürte, mit der Polizei in nähere Berührung zu kommen.«

»Ich zweifle«, sagte Beermann, »dass sich diese Taktik auf die Dauer durchhalten lässt.«

Fili mi Absalon! Er musste an Wackernagels Todesseufzer denken, mit dem er nahe bei seinem Sohn gewesen war. So nah vielleicht wie niemals zuvor.

Es sollte eine unruhige Nacht werden.

Beermanns Prognose, dass Bettina gegen die Unterbringung des flüchtigen Markus' im Pfarrhaus nichts einzuwenden hätte, bestätigte sich. Sie richtete das Gästezimmer unterm Dach her und bemerkte, dass das überschaubare Gepäck des Gastes ihr freundlicherweise die Räumung eines Kleiderschrankes erspare.

Beim anschließenden Beisammensein zeigte sich Markus entspannt. Er verzehrte die Happen, die Bettina in der Küche zubereitet hatte, und brachte sie zwischendurch mit einer Kurzfassung seiner Geschichte auf den aktuellen Stand der Dinge. Das Ergebnis, dass Markus nicht die Verantwortung für den Tod seines Vaters zu tragen habe, nahm Bettina wie selbstverständlich zur Kenntnis und betonte, sie habe das sowieso nicht anders erwartet.

Beermann hatte lange geschwiegen und rückte erst allmählich mit Fragen heraus, die ihn bedrängten. Er behielt für sich, dass er die Möglichkeit nicht ausschließen wollte, von Markus getäuscht worden zu sein. Was ergab sich, wenn seine Erzählung, zumindest in den entscheidenden Partien, der pure Schwindel war? Wenn er tatsächlich doch seinen eigenen Vater auf dem Gewissen hatte? Beermann hielt das für unwahrscheinlich, den Gedanken daran aber nicht für vollkommen abwegig.

Größere Sorgen machte ihm die Frage der Geheimhaltung. Konnte er Parler einfach im Ungewissen lassen? Ihm die Informationen vorenthalten, die Markus geliefert hatte? Ungerührt zusehen, wenn der Hauptkommissar sich wie ein blinder Spürhund auf falschen Fährten plagte, während der kürzlich noch hochverdächtige, inzwischen jedoch weitgehend entlastete junge Mann bei Beermanns auf dem Sofa hockte und Bettinas Leckereien verschlang? Das ging nicht. Absolut nicht. Verschwiegenheitspflicht hin oder her, hier war seine staatsbürgerliche Verantwortung gefragt, die es schlicht verbot, im Zusammenhang einer Verbrechensaufklärung mit der Polizei Katz und Maus zu spielen. Und irgendwo, sagte sich Beermann, sollten obendrein gewisse Regeln menschlicher Anständigkeit beachtet werden. Wenn Parler sein Vertrauen in die Zusammenarbeit mit einem Pfarrer so sittenwidrig missbraucht sah, würde er nicht allein stocksauer reagieren, sondern ihm auch mit rechtlichen Schritten zu Leibe rücken, und das mit gutem Grund. Schweigen ging auf gar keinen Fall!

Markus quittierte entsprechende Andeutungen, die Beermann vorbrachte, mit Unverständnis. Er habe auf die Verschwiegenheit des Pfarrers gesetzt, behauptete er. Wenn Beermann ihn jetzt auffliegen lasse, sei das Verrat. Da hätte er gleich selber ins nächste Polizeirevier gehen und seine Beichte vortragen können.

›Wäre am Ende gar nicht so dumm‹, meinte Beermann. Natürlich hätte man ihn festgenommen und weiter verhört. Wahrscheinlich auch vor den Richter zitiert. Aber die Strafe wegen Hehlerei und ein paar anderer harmloser Vergehen hätte er verkraften können.

»Niemand kann vorhersagen, ob sie mir glauben werden«, wandte Markus ein. »Ich war in Syrien und im Irak, freiwillig zunächst. Ich stand im Dienst des ›Islamischen Staates‹. Also bin ich terrorverdächtig. Wie sollte ich das Gegenteil beweisen können, ausgerechnet nach den Pariser Anschlägen, die alle Welt mit einer Terrorpsychose angesteckt haben? Wie soll ich die Sache mit dem Dolch beweisen und die näheren Umstände beim Tod meines Vaters? Die Polizei will nun mal Beweise sehen und der Richter genauso. Meine einzige Chance ist Haller. Und zwar ein Haller, der irgendwo ins Netz geht und dem man anschließend die Daumenschrauben anzieht, damit er geständig wird. Solange Haller frei herumläuft, bin ich der Dumme. Und das will ich nicht riskieren.«

Beermann konnte dieser Argumentation im Augenblick nichts entgegensetzen und zog es vor, eine weitere Frage anzuschneiden: »Wenn es also darum geht, Haller so schnell wie möglich aufzutreiben und festzunageln, müssen wir uns überlegen, wie das gelingen kann.«

»Daran knoble ich ununterbrochen herum«, sagte Markus. »Ganz bestimmt trifft man ihn nicht mehr in seiner Wohnung an. Er hat verstanden, dass ich getürmt bin, und seitdem hat er keine ruhige Minute. Natürlich wird er befürchten, dass ich mich an die Polizei wende und ihn verpfeife. Aber er kann nicht sicher sein, wann ich das tue und was ich womöglich für mich herausschlagen möchte mit meinem Wissen über seine Verbrechen. Er befürchtet deshalb viel und weiß wenig. Deshalb wird er versuchen abzutauchen.«

»Abtauchen – wohin?«

»Weiß ich natürlich nicht. Denkbar wäre, dass er sich mit seinen dschihadistischen Compagnons in Verbindung setzt und mit ihnen Fluchtpläne nach Syrien austüftelt. Aber das würde ein Abschied ohne Wiederkehr werden, und ich habe so meine Zweifel, dass er dazu bereit wäre. Auch, weil seine Zukunft im Reich der Gotteskrieger nicht gerade rosig ausfallen dürfte. Mein Tipp ist deshalb, dass er sich irgendwo in erreichbarer Nähe versteckt, vielleicht mit Hilfe seiner Kumpel, weil er die Hoffnung nicht aufgeben wird, mich doch noch zu fassen und zu erledigen.«

»Wirklich? Er muss doch davon ausgehen, dass du längst geplaudert hast. Jedenfalls vertraulich, beispielsweise mit mir.«

»Eben. Ich traue ihm eine feine Witterung zu für den Fall, dass er ins Fadenkreuz der Polizei geraten ist. Solange dies aber nicht erkennbar wird, mag er denken, dass ich überhaupt die Klappe gehalten oder höchstens einem Bekannten gegenüber geredet habe in der Gewissheit, dass der sich zur Verschwiegenheit verpflichtet sieht.«

Bettina tippte sich mit dem Zeigefinger an die Schläfe und sagte: »Bingo! Damit sitzen wir schön in der Sackgasse. Haller muss ja wirklich keine Gedankenakrobatik betreiben, um drauf zu kommen, dass Markus sich hierher zu uns abgesetzt hat. Zum Unterschlupf in einem Pfarrhaus, vor dem er schon mit seinem tödlich getroffenen Vater stand. Und bei einem Kollegen, dem der Vater anscheinend so sehr vertraute, dass er ihm einen verhängnisvollen Dolch zur Verwahrung überlassen wollte. Das bedeutet: Wenn Haller aufs Ganze geht, muss er ein Interesse daran haben, irgendwie alle auszuschalten, die ihm gefährlich werden könnten.«

Eine lastende Pause entstand. Beermann sagte kein Wort und schnippte Brotkrumen über die Tischdecke. Die alte Standuhr, ein Erbstück aus Bettinas Elternhaus, schlug zur halben Stunde. Bettina erhob sich, trat ans Fenster und ließ den Rollladen herunter, als errichte sie einen Verteidigungswall gegen feindliche Angriffe.

»Es wäre purer Wahnsinn, ohne Polizei weiterzumachen«, brummte Beermann. »Kein Mensch würde das verstehen und keiner könnte es verantworten.«

»Man soll sich auch nicht ins Bockshorn jagen lassen«, sagte Markus. »Wenn Haller gestellt werden soll, verursachen die üblichen Polizeimethoden vielleicht eine böse Pleite.«

»Wieso?«

Markus zog ein Tuch aus der Hosentasche und schnäuzte sich ausführlich. Er steckte es zurück und fuhr fort: »Vor Jahren habe ich einen Film gesehen, Mantel und Degen, viel Garderobe, eine höfische Gesellschaft mit ihren korrupten Figuren. Einen Streifen nach Machart der Musketiere, Sie kennen das. Ich war noch jung damals und hingerissen und focht und liebte und litt mit dem Helden bis zum glücklichen Ende. In diesem Film gab es eine Szene, die mich richtig verstört und erschüttert hat. Deshalb ist sie mir auch so plastisch in Erinnerung. Der französische König organisierte eine Parforcejagd. Mit einigem Gefolge zu Pferde und mit einer Meute bissiger Hunde. Das Ganze war ebenso primitiv wie schauderhaft. Reiter und Hunde hatten in den königlichen Wäldern bald einen kapitalen Hirsch ausgemacht, der die Flucht ergriff, als das mörderische Gesindel näherkam. Das Tier brach durch die Büsche, setzte über Bäche und Felsspalten, jagte über Felder, und die geifernde Meute unerbittlich hinter ihm her, die Herren in ihren Zirkusuniformen hoch zu Ross und mit eiserner Entschlossenheit. Man konnte sehen, wie der Hirsch versuchte, seine Verfolger durch Richtungsänderungen abzuschütteln, wie er müder wurde, sich einen Lauf verletzte, wie der Schaum aus seinem Maul um den gestreckten Hals flockte und wie er am Ende völlig entkräftet am Rand eines Steinbruchs zusammenbrach.«

Markus hielt inne und sah erst Bettina, dann Beermann in die Augen.

»Diese Szene kommt mir in den Sinn, weil sie bezeichnend für mein Leben ist. Sie wurde hundertmal abgespult in mir, auch während der Flucht im Irak, und immer wieder in den Träumen. Die Jäger und ihre Opfer. Die Parforcejagd von damals ist die Verbrecherjagd heute. Nicht mehr auf Pferden und mit dem Degen in der Hand und mit einer Hundemeute, die sich schier überschlägt in ihrer Mordlust. Sondern mit einem Pulk von Streifenwagen und Blaulicht, mit Scharfschützen und schwer bewaffneten Sonderkommandos, die das Opfer hetzen, wie der König seinen Hirsch gehetzt hat, bis sie ihn irgendwo in die Enge getrieben haben.«

Beermann schüttelte den Kopf: »Ich verstehe immer noch nicht …«

»Schade. Sie als Pfarrer. Aber lassen wir das. Ich will ja nicht auf die Jäger hinaus, sondern auf das Opfer. Den parforcegejagten Hirsch, der mir leid tut, weil sein ganzes Rennen bis zu seiner Erschöpfung ihm gar nichts nützt. Er rennt um sein Leben und hatte es doch schon vor dem Start verloren, die Feinde im Rücken. So verhielt sich die feudale Jagdgesellschaft, und so reagierte der verfolgte Hirsch. Gerade so, wie sich eine polizeiliche Großfahndung und der normale Verbrecher heute verhalten. Aber Haller, unser geschätzter Freund, ist kein normaler Verbrecher. Er ist hochintelligent. Akademiker. Einer, der wahrscheinlich seinen Grips einsetzt, während andere in Panik geraten. Ein Fuchs. Der parforcegejagte Hirsch ist einer, der in Panik gerät, darauf bauen die Verfolger und das wird ihm zum Verhängnis. Er rennt davon, etwas anderes kennt er nicht. Der listige Fuchs dagegen versteckt sich und kann, wenn Not ist, immer neue Verstecke finden. Also empfiehlt es sich nicht, die Polizei zu alarmieren und eine moderne Parforcejagd anzuzetteln. Wir müssen den Fuchs in seinem Bau aufspüren.«

»Schön und gut. Aber du warst vorhin selber überzeugt, dass Haller sich nicht in seiner Wohnung aufhalte.«

»Bin ich immer noch. Die Wohnung wird er meiden. Aber wie sieht es mit seinem Arbeitsplatz aus? In seinem Institut? Wenigstens für zwei, drei Tage kann er dort sicher untertauchen – ein Fuchsbau. Bis der Plan steht, der ihn aus der Schusslinie und vermutlich auch außer Landes bringt. In diesem Institut (ich war gelegentlich dort) gibt es sogar einen Nebenraum mit Liege und fließendem Wasser. Dort könnte er übernachten.«

»Im Institut für Orientalistik?«

»Genau heißt es ›Seminar für Sprachen und Kulturen des Vorderen Orients‹. Liegt auf der rechten Neckarseite, ein Stück unterhalb des Philosophenwegs. Zugang von der Neuenheimer Landstraße.«

»Was schlägst du vor?«

»Nachzufragen. Und gegebenenfalls hinzufahren. Die Sekretärin kennt mich. Ich kann sie morgen anrufen und mich erkundigen, ob Haller zu sprechen sei. Wenn er an seinem Platz ist, bitte ich sie, nichts von meinem Anruf weiterzugeben, es solle eine *kleine Überraschung* werden.

Wenn er nicht anwesend ist, werde ich herausbekommen, wann er zuletzt im Institut war und ob er sein Erscheinen angekündigt hat. Gibt's überall Fehlanzeige, müssen wir neu überlegen.«

Bettina plädierte dafür, die Entscheidung auf den kommenden Morgen zu vertagen. Ein bisschen Schlaf könnte allen nur guttun.

In seinem Bett wälzte Beermann sich von einer Seite auf die andere. Erst konnte er nicht einschlafen, dann träumte er wild:

Er stand am Sonntag auf der Kanzel und stellte erschrocken fest, dass er sein Manuskript vergessen hatte. Oder gar nicht erst angefertigt am Vortag. Er fühlte sich blank sozusagen und sprachlos und war dem Organisten dankbar, der die peinliche Pause mit Improvisationen füllte. Der Kirchenraum war weihnachtlich geschmückt. In den Fensternischen hatten Gemeindefrauen Tannengrün ausgelegt und mit Kerzen besetzt. Vor dem Taufbecken prangte der übliche Weihnachtsbaum mit Glitzerzeug und elektrischen Kerzengirlanden. Daneben hatte sich Mesner Wilhelm aufgebaut, in der Montur eines Feuerwehrmanns, den Wasserschlauch in beiden Händen. Seinen Auftrag, um die Sicherheit des Tannenbaums besorgt zu sein, hatte er anscheinend überinterpretiert.

Als dem Organisten der Stoff oder die Lust zu weiteren Klangfolgen ausging, lastete wieder Stille im Raum wie an einem schwülen Sommertag kurz vor Ausbruch eines Gewitters. Ostendorf, der Vorsitzende im Kirchengemeinderat, schnippte wie ein Pennäler mit den Fingern, erhob sich und erklärte feierlich, der Rat ziehe sich jetzt zur geheimen

Verhandlung zurück und Beermann dürfe sich schon mal auf seine Abberufung einrichten. Wenn die Gemeinde einen Wachtmeister brauche, werde sie einen anstellen. Das komme kostengünstiger, als einen studierten Pfarrer zu unterhalten, der fortwährend den Wachtmeister spiele.

Über der Emporenbrüstung sah Beermann einen schuppigen, wohlgeformten Fischschwanz hin und her pendeln wie den Perpendikel einer alten Wanduhr. Dazu erschien jetzt ein Frauenkopf, von pechschwarzen Haarwellen umrahmt, und ein nackter Arm, der ihm verführerisch zuwinkte. Die schöne Lau rief ihn und lud ihn ein zu einer Abenteuerreise quer durch das Labyrinth der unterirdischen Höhlen und Wasserläufe, bis an die Ufer des Euphrat. Er konnte nicht widerstehen und sprang in den Blautopf, der sich plötzlich unter ihm auftat, sank in die Arme der schönen Lau und ließ sich entführen in Welten, die er nicht kannte. Am Euphrat tauchten sie auf und hielten vor einem Segelschiff mit Piratenflagge, und an der Reling erwartete sie ein verwegener Geselle mit Krummsäbel im Gürtel und Turban auf dem Kopf. Es war Haller. Er schrie Sätze, die Beermann nicht verstehen konnte, weil der Wind sie davontrug, doch Satzfetzen wurden herübergeweht, und da klang es nach ›falschen Freunden‹, ›goldenem Dolch‹ und ›Vergeltung‹. Das Schiff segelte näher an sie heran, und nun hörte er Hallers Stimme deutlicher: ›Du bist zu spät, Beermann. Warst immer schon zu spät. Der ganze Erdboden hier ist aufgerissen wie der Acker eines Kuhbauern auf der Alb. Da ist kein Splitter übrig von altem Silberzeug und kein Gramm von schönen Raritäten der Assyrer. Alles geplündert, Beermann, alles weggeschafft auf Märkte, wo es zum Plunder wird. Auch die Wissenschaft kommt zu spät, Beermann. Ich habe mich aufgemacht, im Namen der Wissenschaft zu retten, was noch zu retten wäre, und zu bergen, was geborgen werden könnte. Alles zu spät, Beermann. Auch dein eitler Versuch, mich zu beschuldigen und mir Verbrechen anzuhängen, die ich nicht begangen habe. Zu spät! Du verfolgst mich, als sei ich ein Mörder. Dabei sitzt der tatsächliche Schuft wie ein Unschuldslamm auf deinem Pfarrhaussofa und benebelt dein Hirn mit seinen Lügenmärchen.‹

Auf einmal war die Erscheinung vorbei wie bei einem Bild, das man wegblendet in einer Diashow. Beermann schaute wieder von seiner Kanzel herunter und sah im Mittelgang der Kirche die Leute dem Ausgang zustreben, wie bei einem miserablen Fußballspiel, wenn enttäuschte Zuschauer vorzeitig abwandern, um dem Grauen zu entfliehen. Aber er befand sich nicht mehr allein auf seiner Kanzel. Neben ihm war Bettina aufgetreten, in dem rot geblümten Nachtanzug, den er besonders mochte. Sie sagte keinen Ton, sah ihn nur lange aus traurigen Augen an, stieß ihn endlich in die Seite und seufzte: ›Ach, Helmut!‹

Er erwachte und entdeckte sofort, dass Bettina, auf ihren Unterarm gestützt, zu ihm hinübersah.

»Geht's dir gut?«, fragte sie ein wenig gesorgt.

»Bestens«, gab Beermann zur Antwort. »Hab bloß geträumt. Einen ziemlich verquirlten Bockmist übrigens.«

Spät kroch er aus den Federn, weil er am Morgen noch einmal eingenickt war und Bettina darauf verzichtet hatte, ihn aufzuwecken. Es war bereits nach neun. Beermann verkürzte seine Morgentoilette und erschien in der Küche, wo er sich aus der Thermoskanne einen Kaffee einschenkte. Brötchen standen auf dem Tisch, verlockten ihn aber nicht, zuzugreifen. Er setzte sich ächzend auf den dreibeinigen Hocker neben der Anrichte und überlegte, dass es Zeit sei, Kontakt zu Parler aufzunehmen. Ob Markus nun seinen Segen dazu geben würde oder nicht.

Überhaupt empfand er nur das eine Verlangen, diese unselige Geschichte um Wackernagels Tod endlich vom Hals zu bekommen. Schon viel früher hätte er dafür sorgen sollen, dass er aus den Ermittlungen aussteigen und sich wieder ganz auf das konzentrieren konnte, was im Rahmen seines Amtes lag. Wenn er sich recht erinnerte, hatte er für diesen Vormittag ein Taufgespräch vereinbart und einen Termin mit ehrenamtlichen Helfern im benachbarten Flüchtlingsheim vorgesehen. Dies waren die Orte seiner Bewährung und die Aufgaben, für die er zuständig war.

Er stieg die Treppe hinunter ins Pfarrbüro und wurde von seiner Sekretärin gemustert, als habe er Quarkreste in den Mundwinkeln oder Eigelb am Kragen. Die Leiterin des Kindergartens habe sich vorhin gemeldet, weil die Heizung ausgefallen sei, sagte sie. Ein Monteur der Wartungsfirma werde so bald wie möglich eintreffen, aber das könnte auch Mittag werden oder noch später. Deshalb seien alle Kinder im Gemeindezentrum untergebracht worden. Beermann nickte zustimmend, und Sibylle Brotbeck holte gerade Luft für weitere Mitteilungen von ihrem Merkzettel, als es an der Haustür klingelte. Und zwar stürmisch. Weil Beermann noch an der Bürotür lehnte, eilte er hinaus, um zu öffnen. Er sah Feray in die Augen, die ziemlich aufgeregt wirkte. Der Motor ihres Dienstwagens gleich neben der Eingangstür lief.

»Los, Herr Pfarrer, Sie müssen mitkommen, sofort, wir sollten uns beeilen«, drängte sie und ergriff Beermanns Arm, als versuche sie, ihn mit Gewalt aus dem Flur zu zerren. Er wehrte sich aber heftig und wollte wissen, was der Überfall zu bedeuten habe und worum es überhaupt gehe. Feray schaltete einen Gang zurück und erklärte, es gehe um Haller. Der sei in der Stadt, begehe eine Verrücktheit nach der anderen und habe zuletzt gedroht, sich in aller Öffentlichkeit umzubringen. Sofern man nicht schleunigst Beermann herbeischaffe, sowie den jungen Wackernagel, der höchstwahrscheinlich bei ihm untergekrochen sei.

Das war eine Reihe von Überraschungen, die Beermann auf Anhieb nicht einzusortieren vermochte und die – jede für sich – einer ausführlicheren Erläuterung bedurft hätten. Feray war jedoch nicht bereit dazu. Sie sprang nervös herum und verlangte, Markus Wackernagel herbeizurufen, der unbedingt mitkommen müsse. Haller mache den fatalen Eindruck, zum Äußersten entschlossen zu sein. Beermann hastete die Treppe hinauf und ins Gästezimmer, wo er Markus antraf, der irgendwelche Eintragungen in einem Schreibheft vornahm. Er weigerte sich, Beermanns Aufforderung nachzukommen und mit ihm einen Dienstwagen der Kriminalpolizei zu besteigen. Ihn von der Unausweichlichkeit dieses Schritts zu überzeugen, fiel Beermann umso schwerer, als er selbst nur rudimentär über Hallers

Aktionen und über Parlers Absichten im Bilde war. Er versuchte die Situation zu skizzieren und brachte vor allem Hallers Drohung ins Spiel, sich das Leben zu nehmen, falls die beiden nicht umgehend zu ihm gebracht würden. Wo er sich denn aufhalte und was für einen Zirkus er eigentlich anstelle, wollte Markus wissen. Das könne er nicht sagen, entgegnete Beermann, aber sie würden bestimmt Näheres hören, wenn Feray mit ihnen unterwegs sei. Markus fluchte, warf wütend ein Kissen in die Ecke, erhob sich jedoch und trottete hinter Beermann die Treppe hinunter.

Kaum hatten sie die Straße erreicht, begann Feray zu berichten: »Haller ist im Begriff durchzudrehen – oder er ist bereits durchgedreht, wenn man alles zusammennimmt, was er in den letzten Stunden angestellt hat. Da ist ihm zum Beispiel das Kunststück gelungen, im Polizeipräsidium bis zum Magazin vorzudringen, in dem beschlagnahmte Gegenstände aus aktuellen Ermittlungen verwahrt werden.«

»Waas?«, staunte Beermann und konnte es nicht fassen.

»Man sagt, im Auge des Orkans ist die Stille am größten«, fuhr Feray fort, »und im innersten Bereich der Sicherheitsbehörden ist vielleicht die Wachsamkeit am geringsten. Wie auch immer, Haller hat es mit Ausweispapieren und einer Menge Unverfrorenheit und Glück hingekriegt, sich bis zu der Stelle durchzumogeln, wo der Bronzedolch verschlossen lag. Er hat groß getan mit seiner Professur für Orientalistik und dafür anscheinend auch Unterlagen beigebracht. Dann hat er behauptet, im Dienst des BKA die Tatwaffe im Fall Wackernagel, diesen alten Bronzedolch, genauer auf seine Herkunft untersuchen zu sollen. Den zuständigen Beamten muss er derart schwindlig geredet haben, dass der keinen Argwohn schöpfte und das Ganze für eine unerhebliche Störung seiner dienstlichen Ruhe hielt. Jedenfalls führte er den Besucher in ein kleines Nebenzimmer und überreichte ihm den Dolch zur eingehenden wissenschaftlichen Überprüfung. Zur Sicherheit, so erklärte er noch, verschließe er die Tür, und wenn der Herr Professor fertig sei mit seiner Arbeit, möge er kräftig klopfen.

Haller hat natürlich keine Zeit vergeudet mit Untersuchungen am Objekt seiner Begierde, sondern hat sich den Dolch eingesteckt und ist durchs Fenster auf den Hof entwichen. Und als den Wachtmeister am Ende doch Zweifel beschlichen, ob mit dem Professor alles seine Richtigkeit habe, fand er den Käfig leer und den Vogel ausgeflogen. Er gab Alarm, und als klar wurde, dass die Mordwaffe im Fall Wackernagel auf die dreisteste Tour entwendet worden war, kam Parler ins Spiel. Er wollte erst nicht glauben, was passiert war, und setzte nach einem filmreifen Wutanfall, wie man mir versicherte, alle Hebel in Bewegung, den Flüchtigen einzufangen.«

»Und? Habt ihr ihn erwischt?«, fragte Markus vom Rücksitz.

»Streng genommen nicht«, sagte Feray, »aber wir haben ihn gefunden. Zusammen mit diesem Bronzedolch, der mir immer rätselhafter wird.«

»Und wo?«, drängte Beermann.

Feray legte eine Kunstpause ein und schaute Beermann unschlüssig von der Seite an: »Sie werden es nicht für möglich halten, aber Haller befindet sich in der Stadtkirche. Er steht droben auf der Kanzel, redet und schreit und lässt keinen an sich heran.«

»Er ist verrückt geworden«, sagte Markus tonlos von hinten. »Einfach verrückt. Ich ahnte schon in seiner Wohnung, dass er nach Wackernagels Ermordung nicht weit davon entfernt war.«

»Aber seine verwegene Aktion im Präsidium trägt nicht unbedingt die Handschrift eines Geistesgestörten«, wandte Feray ein.

»Möglicherweise doch«, überlegte Beermann, »denn im Wahnsinn kann's durchaus Augenblicke von Geistesgegenwart geben. Einzelne Schritte und Methoden, die einer Wahnsinnsidee zum Erfolg verhelfen, können sehr rational geprägt sein. Aber jetzt, was will der Mensch eigentlich auf der Kanzel?«

Feray konnte sich ein Schmunzeln nicht verkneifen: »Ich denke predigen. Das kennen Sie doch, Herr Pfarrer.« Als Beermann unwillig abwinkte, fuhr sie fort: »Sicher hat er etwas vor mit dem Dolch. Aber sicher auch mit Ihnen. Deshalb hat er mehrmals geschrien, dass er Sie sehen wolle und Markus auch. Mit dem Dolch an seiner Kehle hat er seinem Willen Nachdruck verliehen. Parler hat Anweisung gegeben, dass man mit dem Unberechenbaren auf der Kanzel sehr vorsichtig verfahren solle. Auf keinen Fall zu ihm hinaufsteigen oder ihn sonst unnötig reizen.«

Sie waren angekommen. Polizeifahrzeuge parkten rechts und links vor der Eingangstür zur Stadtkirche. Neugierige, die hineinwollten, um ein Spektakel zu erleben, wurden abgewiesen. Sie beschwerten sich laut über unerhörte Kirchenbesetzungen durch Polizeikräfte.

Drinnen bot sich den Eintretenden ein seltsames Schauspiel. Beermann zögerte, nach vorn zu gehen, und Markus, den Feray wie einen widerspenstigen Schulbuben bei der Hand genommen hatte, sah sich unruhig um, als halte er Ausschau nach möglichen Fluchtwegen. Am Fuß der Kanzel hatten sich kleine Gruppen aufgestellt, Polizeibeamte und Zivilisten, die noch vor der Absperrung Eingang gefunden hatten. Sie starrten alle wie gebannt auf die Gestalt, die die Kanzel erobert hatte, dort wie ein Raubtier im Käfig hin und her pendelte und Sätze ausstieß, die keinen zusammenhängenden Sinn zu ergeben schienen.

»Ah, Beermann, der Gerechte«, rief Haller höhnisch, als Feray mit ihren Begleitern unter die Kanzel trat. »Ein Gerechter und ein Helfer! Wie der himmlische Retter im Advent. Und wir sind doch kurz vor dem Advent, oder?«

Parler hatte sich an Beermanns Seite geschoben und raunte ihm zu, dass er sich ganz ruhig verhalten solle. Keinesfalls widersprechen und auf Provokationen nicht ärgerlich reagieren. Haller sei überaus reizbar. Und hochexplosiv wie ein Vulkan. Der könne ausbrechen, wenn man nicht Acht gebe, und niemand könne vorhersagen, was dann los sei.

»Hör zu, Beermann«, tönte es weiter von der Kanzelbrüstung herab, »ein Helfer des Herrn der Heerscharen sollst du sein, aber ein Helfer des Herrn der Kriminalscharen bist du geworden, und stolz bist du darauf, das weiß ich. Willst endlich mal was zustande bringen. Und mich hast du auserwählt als Opfer. Es zu schlachten auf dem Altar deines Triumphs.«

Beermann musste an sich halten, um dem ärgerlichen Kanzelredner nicht laut in die Parade zu fahren, aber Parler umspannte seinen Arm, bis es wehtat.

»Ein Opfer bin ich allerdings«, schrie Haller, »aber ein unschuldiges. Wie ein Lamm, das auf die Schlachtbank geführt wird von den Gerechten und ihren Helfern. Die wollen Blut sehen, und es ist mein Blut, das sie sehen wollen, und dann gehen sie hin und waschen ihre Hände in Unschuld. Wie der edle Herr Pilatus.

Aber weil du bloß Stroh im Kopf und ein steinernes Herz im Leibe hast, Beermann, will ich Nachsicht walten lassen und dir ein bisschen auf die Sprünge helfen. Sieh her, der Dolch!«

Er hielt die Waffe hoch erhoben über seinen Kopf und führte ihre Spitze gegen seine Brust, als habe er die Absicht, im nächsten Augenblick zuzustechen.

»Ruhe, nur die Ruhe bewahren«, flüsterte Parler. »Es ist alles bloß Theater, einstweilen. Wenn wir ihn machen lassen, wird er sich erschöpfen wie eine Flamme, die niederbrennt und ein bisschen Asche übrig lässt.«

»Dieser Dolch sollte mir zum Verhängnis werden, weil ich ganz verrückt nach ihm war. Und weil ich anscheinend keine Schandtat scheute, ihn zu gewinnen. Aber ihr habt keine Ahnung, was es mit dem Dolch in Wahrheit auf sich hat. Gut, er besteht aus Bronze, das habt ihr gemerkt. Und er ist uralt, das ist euch ebenfalls nicht verborgen geblieben. Er stammt aus Mesopotamien, dem Zweistromland. Aber weiter: Kennt ihr auch seine Geschichte? Worin besteht sein Geheimnis? Wer hat ihn einmal besessen und ist grauenhaft damit umgegangen? Na? Wie ihr dämlich glotzt, ihr Blinden! Ja, Beermann, du blinder Blindenführer, ich will's dir sagen: Dieser Dolch, das ist der Dolch Abrahams!«

Haller legte nach dieser seltsamen Auskunft eine bedeutungsvolle Pause ein und musterte seine Zuhörer mit glühenden Blicken. Er ist wirklich von Sinnen, dachte Beermann, wirklich nicht ernst zu nehmen in seinem Wahn.

»Es ist der Dolch Abrahams und der Dolch des Verhängnisses, beides in einem«, setzte Haller wieder an. »Er trug ihn unter dem Mantel versteckt, sodass er vor den Augen seines Sohnes verborgen blieb, als er mit ihm hinaufstieg auf den Berg Moria. Abraham wollte seinem Gott gehorsam sein, der grausam war und Widerliches verlangte von seinem treuen Diener. Der Sohn, den er bei der Hand nahm, um ihn zu opfern auf dem Bergaltar, war Isaak. Aber der Sohn war zugleich Ismael. Isaak sagen die Juden, Ismael sagen die Muslime und verlegen das Geschehen von Jerusalem nach Mekka, Jesus denken die Christen und trauern deshalb in der Grabeskirche. Abraham war ein freundlicher Vater und kinderlieb und streichelte seinen Sohn, während er in Gedanken die Prozedur seines Opfers durchspielte. Ein Opfer zu Ehren und zum Wohlgefallen des Höchsten! Versteckt unter seinem Mantel hielt er den Griff seines Dolchs umklammert, eines kostbaren Dolches aus Bronze, den er mitgebracht hatte damals, bei seinem Aufbruch aus der Heimat Chaldäa. Dort gab es Kunsthandwerker, die dergleichen anzufertigen wussten. Immer hatte er diese Waffe bei sich getragen, nie hatte er sie gebraucht. Sie war ihm wie ein heiliger Schmuck gewesen. Jetzt sollte sie für ein heiliges Opfer dienen.

Hoch über sein Haupt reckte Abraham diesen Dolch, als sein Sohn ängstlich und ergeben auf dem Holzstoß des Altars lag, und er war bereit zuzustoßen, und er stieß auch zu, doch als es vollbracht war, schaute er hin und siehe: Das

Opfer war nicht sein Sohn, sondern ein Tier, das er geschlachtet hatte.

Da ging Abraham hin und säuberte die Klinge seines schönen Dolchs und ergriff seinen Sohn bei der Hand und stieg mit ihm den Berg seiner Prüfung wieder hinab.

So erzählen es die heiligen Bücher der Juden, Christen und Muslime, aber ich sage euch und ich rede die Wahrheit, sie erzählen es verkehrt. Sie färben schön und verdrehen zu einem *Happy End*, was tatsächlich ein schauriges Ende war, mit einer verhängnisvollen Auswirkung auf die ganze Menschheitsgeschichte. Denn Abraham zückte den Dolch auf dem Berg Moria, und es war kein wildes Schaf, das er schlachtete, sondern der eigene Sohn, gerade so, wie es vorgesehen war. Und als Abraham erwachte nach dem Opfer wie aus einem schrecklichen Traum, da brach er in die Knie neben dem Altar und besah seinen Dolch. Das Blut sah er, das er vergossen hatte und dass es das Blut seines geliebten Sohnes war. Da nahm er den Dolch, verfluchte ihn für ewige Zeiten und schleuderte ihn abseits ins Gesträuch.

Seitdem, ihr Ahnungslosen, wirkt dieser Fluch der mörderischen Waffe Abrahams. Er hat sich tief hineingefressen in den Leib der Religionen, die sich miteinander berufen auf ihren Stammvater vor Urzeiten. Seitdem tragen sie den Dolch oder das Schwert unter ihrem frommen Mantel, aber sie können's nicht verstecken über lange Zeit, es juckt sie zu oft, danach zu greifen und zuzustoßen, weil Opfer nun einmal sein müssen, so oder so. Unter Juden ereignet sich das am wenigsten, weil sie selber erwählt sind, mehr Opfer zu sein als Opfer zu schaffen. Aber die Christen sind zu Experten geworden, den Dolch heimlich im Gewande zu führen und nach dem Schwert zu greifen, wenn es wieder mal an der Zeit sein sollte. Ihr Gewissen können sie beruhigen mit dem Wort ihres Herrn: ›Ich bin nicht gekommen, Frieden zu bringen, sondern das Schwert‹. Auch wenn sie dann mit der Deutung hinterdreinlaufen, es sei ein spirituelles Schwert gemeint in diesem Wort, ein hiebfestes und stoßsicheres Schwert des Geistes irgendwie, so kannten sie doch keine Hemmung, mit eisernen Schwertern und bronzenen Dolchen Blutbäder anzurichten unter Isaaks und Ismaels Kindern. Die Muslime gebärden sich nicht anders: ›Bekämpft in Allahs Pfad, wer euch bekämpft!‹, das lässt sich anwenden auf vielerlei Weise und auf allerlei Feinde. Und der Dolch ist immer gezückt dabei und das Schwert gezogen.«

Haller stützte sich mit einer Hand auf die Kanzelbrüstung und stierte an die Decke. Er war außer Atem. Den Dolch hielt er nach wie vor in seiner Rechten, die er auf seine Herzseite gelegt hatte. Parler überlegte, ob jetzt der Augenblick gekommen sei, zu dem verrückten Prediger emporzusteigen und seinen Auftritt zu beenden. Es könnte gelingen. Aber das Risiko blieb bestehen, dass Haller verzweifelt reagierte und sich mit dem Dolch zu Tode brachte.

Deshalb probierte es Parler lieber mit der Verhandlung: »Haller, seien Sie vernünftig! Wir haben Sie gehört und wir können Sie verstehen. Aber kommen Sie endlich von der Kanzel herunter! Sie müssen nichts befürchten. Der Raub im Präsidium … der kostet Sie nicht den Kopf. Nicht mal eine lange Haftstrafe.«

Haller richtete sich auf, als habe er neue Kräfte gesammelt: »Nichts habt ihr verstanden, gar nichts! Den Fluch des Dolchs erkennt ihr nicht und dieses Gesetz vom Berg Moria, dass durch den Dolch umkommt, wer zum Dolche greift. Beermanns Freund Wackernagel ist durch diesen Dolch umgekommen, nach dem er gegriffen hat. Und auch ich werde umkommen, weil ich nach ihm gegriffen habe. Auge um Auge, Dolchstoß um Dolchstoß, Blut um Blut!«

Die letzten Worte hatte Haller mit gewaltiger Energie herausgeschrien. Er schwang den Dolch mit rudernden Armbewegungen in der Luft, drehte sich plötzlich um, sprang auf die Kanzeltreppe, stolperte, stürzte abwärts und lag, als Polizisten herbeieilten, bereits reglos auf dem Bauch. Der Dolch hatte sich beim Sturz in seinen Leib gebohrt.

Parler kniete neben ihm, rief nach dem Notarzt, versuchte den Liegenden auf die Seite, auf den Rücken zu wenden und wurde von Feray unterstützt. Beermann stand wie verloren daneben. Ihm traten die schrecklichen Bilder von Wackernagels Tod vor Augen, diese tödlich getroffene Gestalt, die sich am Türrahmen festkrallte, der leere Blick, der Sturz, die Waffe in seinem Rücken. Hatte Haller Recht? War der Dolch tatsächlich ein fluchbeladener Gegenstand, der sich seine Opfer suchte, wo immer er auftauchte? Brachte er mit magischer Kraft Menschen um, die nach ihm griffen?

Parler erhob sich und rückte an Beermann heran: »Glauben Sie an Zauberei, Herr Pfarrer? Oder an Verhängnisse, die vorbestimmt sind seit Jahrhunderten schon?«

Beermann fühlte sich müde. »Ich weiß es nicht«, sagte er mit einem Achselzucken und wandte sich ab. Es war genug. Er verließ die Kirche durch den Mittelgang und es kam ihm vor, als bewege er sich durch ein Spalier von Menschen, die ihn alle vorwurfsvoll anschauten. Stimmte es am Ende, dass Haller wie ein gejagter Hirsch war, der bis zur Erschöpfung gehetzt und schließlich zur Strecke gebracht wurde; und dass er selber beteiligt war an dem grausamen Spiel, mit einem Jagdfieber, das ihn ebenso ergriffen hatte wie die Wahnvorstellungen von Haller Besitz nahmen?

In der Fußgängerzone waren die Menschen geschäftig unterwegs. Mit großen Taschen und Einkaufstüten bestückt. Erste Buden für den Weihnachtsmarkt wurden aufgestellt, und es roch bereits nach Glühwein und gebrannten Mandeln. Passanten mit asiatischen Gesichtern flanierten vorüber und bestaunten die Auslagen in den Schaufenstern und die beleuchteten Dekorationen auf der Straße.

Beermann machte einen Bogen zum Schillerplatz hinüber und erstieg die Stufen des Sockels, über dem Thorwaldsens Standbild des schwäbischen Dichterfürsten aufragte, und setzte sich. Viele, die über den Platz eilten oder in Grüppchen schwatzend beieinanderstanden, hatten bestimmt keine Ahnung, dachte Beermann, an wen mit der Statue erinnert werden sollte und warum. Noch weniger würden sie über Abraham wissen und wenigstens eine seiner Geschichten erzählen können. Von ihm gab's ja auch kein Denkmal aus Stein oder Gusseisen.

Mit Lichtsignal und Alarmgetön kurvte ein Notarztwagen über den Platz, gefolgt von zwei Streifenwagen der Polizei. Sie würden sich um Haller kümmern, den Toten einpacken und abtransportieren und den Kirchenraum wiederherstellen, als ob nichts geschehen sei. Jede Katastrophe ist nur eine Unterbrechung, mal stärker, mal mäßiger, sinnierte Beermann, aber die Zeit fährt glättend darüber hin wie Wellen über den Strand, wenn sie Sandlöcher und kleine Dünen überfluten und wegbügeln.

Die Geschichte von Abraham hatte Haller beschworen, diese unsägliche vom Opfergang zum Moria, über die unendlich viel nachgedacht und gestritten wurde seit ihrer Entstehung. Auch bedeutende Köpfe hatten sich ihrer angenommen, der Philosoph Kierkegaard zum Beispiel in seiner Schrift ›Furcht und Zittern‹, in der er das Drama auf seine Weise nacherzählte und am Schluss sogar zu einer ›Lobrede auf Abraham‹ ausholte. Haller war in seiner Darstellung weit entfernt davon gewesen, in dieser seltsamen Mischung aus Wahn und Hellsichtigkeit. Er hatte die Geschichte korrigiert und den versöhnlichen Schluss verwandelt ins Grässliche: Vom Vater, der seinen geliebten Sohn tatsächlich auf dem Altar zum Opfer bringt. Aus der erinnerten Erzählung war eine bittere Anklage geworden. Und des Mordes für schuldig befunden wurde nicht nur Abraham selbst, sondern auch Gott, der Grausames duldet und obendrein Grausames provoziert. Alle Brutalität in den großen Religionen, die sich auf Abraham berufen, hat ihren Ursprung in dieser makabren Szene auf dem Moria, wollte Haller sagen. Abrahams Dolch, der aus Gottesgehorsam gezückt und nicht zurückgehalten wurde, hinterließ eine blutige Spur in der Geschichte der Religionen.

Es fehlt deshalb auch nicht an Stimmen, die eine Stärkung des Friedens allein durch Schwächung, am besten durch Abschaffung der Religionen erwarten. Ohne Religion könnte das gewaltfreie Zusammenleben der Menschen eine reale Chance bekommen, behaupten die antireligiösen Pazifisten. Vielleicht die naivste aller Illusionen, fand

Beermann. Er schaute hinauf zu seinem Landsmann Schiller, der Dramatiker ebenso wie Historiker war und der zahlreiche friedlose und gewaltträchtige Episoden auf die Bühne gebracht hatte, die allesamt nichts oder höchstens beiläufig mit Religion zu tun hatten. In einer religionslosen Welt würden sich die Dämonen erst recht erheben und das Leben auf der Erde zur Hölle machen.

Unruhe griff um sich auf dem Schillerplatz. Anscheinend war durchgesickert, dass sich in der Kirche eine Tragödie abgespielt hatte. Manche liefen hin, um noch einen Rest des Spektakels mitzubekommen. Andere rückten zusammen und tauschten Gerüchte aus. Der Morgenmarkt hatte seine Sensation.

Eine gebeugte Frau mit schwarzem Umhang und Kopftuch zog einen beladenen Leiterwagen übers Pflaster und blickte Beermann an, der auf dem Denkmalsockel saß. Sicher eine Muslima, dachte er. Geflüchtet und heimatlos. Mit was für einem Schicksal in ihrem Gepäck, das unsichtbar auf ihrem Rücken lastet und ihn krumm gemacht hat. Aber ihre Würde hat sie nicht verloren, auch nicht bei ihrer Armut, in der sie diesen Leiterwagen voller Kram durch die Stadt zieht, um irgendwo vielleicht einen bescheidenen Handel abzuwickeln. Ihre Würde bleibt ihr, weil sie weiß, dass sie zu den Kindern Abrahams gehört.

Beermann wurde die Bilder vom wirren Kanzelredner in der Stadtkirche nicht los. Seine Gedanken kehrten unwillkürlich zu Abraham und dessen Opferdolch zurück. Rembrandt fiel ihm ein. Der niederländische Künstler, der mehrmals das Thema von Isaaks Opferung in Angriff genommen hatte. Mal in einer Radierung, da stehen sich

Vater und Sohn nach ihrer Ankunft auf dem Berg gegenüber. Der Sohn hat das Holzbündel fürs Feuer abgesetzt auf der Erde und sieht den Vater ebenso erwartungsvoll wie ahnungslos an. Und Abraham redet auf seinen Sohn ein, sei es erklärend, sei es tröstend. Seine linke Hand, die genau in der Mitte zwischen beiden Gesichtern erhoben ist, weist mit dem Zeigefinger zum Himmel hinauf. Die rechte dagegen ruht auf seinem Herzen. Eine andere, große Wiedergabe der dramatischen Szene, das Gemälde in der Münchener Alten Pinakothek, rückt in die Mitte nicht Abrahams himmelwärts zeigende Hand, sondern das Messer. Es schwebt förmlich frei in der Luft. Es ist der Hand Abrahams entglitten, die vom Engel gehalten wird. Abrahams Linke liegt bedrohlich auf Isaaks Gesicht, der Kopf des Kindes ist roh nach hinten gedrückt, der Hals freigelegt. Aber das Messer löst sich aus der tödlichen Bewegung, hält sich noch einen Augenblick in der Luft und wird zu Boden fallen, ohne einen Schaden angerichtet zu haben. Abrahams Antlitz aber leuchtet in einem Licht, dessen Quelle verborgen bleibt. Seine Miene ist gezeichnet von Überraschung, reiner Überraschung, in die sich noch kein Zug von Erleichterung gemischt hat.

Rembrandt war von dieser Geschichte offenbar gefesselt über viele Jahre hin. Es gibt solche Geschichten, mit denen man nie fertig wird, dachte Beermann, und genau darauf beruht ihre Größe. Das Leichtgewichtige verweht, das Lastende verharrt. Aber es bleibt nicht eigentlich deshalb, weil es belastend ist, sondern weil es Gewicht hat. Es fängt Zeitliches und Ewiges ein, Irdisches und Himmlisches.

Der Leichenwagen bahnte sich einen Weg durch die

Menschen und durch die teilweise schon aufgebauten Weihnachtsstände auf dem Markt. Er kam jetzt ohne polizeiliche Begleitung aus. Man machte ihm respektvollen Platz, weil man wusste, welchen Transport er zu erledigen hatte.

Vielleicht ist Abrahams Geschichte mit dem gefährdeten Sohn deshalb so bedeutsam, weil sie nicht isoliert erzählt wird, überlegte Beermann. Gewiss, sie berührt das Äußerste. Das Äußerste, was von einem Menschen und seiner Bereitschaft zur Hingabe auszumalen ist; und ebenfalls das Äußerste, was man sich von einer göttlichen Heiligkeitsstrenge vorstellen kann. Aber das Ganze spielt sich nicht von ungefähr in größeren Zusammenhängen ab. Es ist eingebunden in Erweisungen göttlichen Entgegenkommens und gnädiger Begleitung. Und ganz am Anfang, als zielführendes Motto gewissermaßen für die gesamte Abraham-Geschichte, bei seinem Auszug aus der Heimat, stand doch dieser Segen. Der unverhoffte und ebenso vorbehaltlose Segen, den Gott über Abraham sprach, dessen Namen er großmachen wolle, damit sich in seinem Namen alle Völker der Erde segnen könnten. Alle Völker!

Das ist die Klammer, in der sich alles Folgende hin und her bewegt, dachte Beermann. Dass Abraham zum Segensträger wird, und zwar nicht begrenzt für seine eigene Sippe, sein Volk, sondern grenzenlos für die Menschen in aller Welt. Die abrahamischen Religionen täten gut daran, sich auf ihren gemeinsamen Segensursprung zu besinnen. Dann könnte ihnen, in der Kraft eben dieses Segens, der Dolch vom Berg Moria aus der Hand geschlagen werden, wie bei Abraham in Rembrandts Bild, und danach für Abrahams Kinder überall und für immer.

Beermann empfand plötzlich das Bedürfnis, mit Tariq beim Tee zu sitzen und sich mit ihm über Gott und die Welt auszutauschen. Tariq kannte die arabische Kultur und die verschiedenen Seiten des Islam. Vielleicht war von ihm mehr zu erfahren über die Poesie eines Ibn Arabi und über Strömungen im Sufismus, die sich mit den besten Traditionen aus der christlichen Mystik vergleichen ließen. Beermann hatte einfach Hunger nach geistiger Nahrung und Sehnsucht nach tragfähigen Brücken über feindliche Gräben hinweg. Er wollte nach Hause.

Es wurde einer der besonderen Frühlingstage, die zeitlos im Jahr herumvagabundieren und sich auch noch im Spätherbst niederlassen können. Die Sonne schaffte es kaum über die Dächer hinaus, aber der Himmel strahlte in ungewohntem Licht und die Luft fühlte sich samtig an und schmeichelte der Haut. Beermann bekam Lust, die Gunst der Stunde zu nutzen und den Alltagspflichten eine Nase zu drehen.

»Was meinst du«, fragte er Bettina, »sollten wir nicht ein bisschen ausbrechen? Das Büro und die Küche abschließen und die Schule schwänzen? Die Stadt hinter uns lassen und auf Waldpfaden wandern oder hoch auf dem Breitenstein sitzen und ins Land zu unseren Füßen schauen?«

»Warum nicht?«, meinte Bettina und hängte ihre Schürze an den Haken.

»Wir könnten übrigens Feray mitnehmen, Parlers Assistentin. Samstags hat sie dienstfrei.«

»Feray?«, staunte Bettina. »Warum?«

»Warum nicht?«, erwiderte Beermann unschuldig. »Sie ist Türkin, von Hause aus. Und es heißt doch immer, die deutsche Bürgergesellschaft bewähre sich dadurch, dass sie Migranten und Flüchtlingen freundlich begegne.«

»Und deshalb willst du einer jungen Türkin, die nebenan in Sindelfingen geboren und aufgewachsen ist, deine Freundlichkeiten erweisen.«

»Was heißt Freundlichkeiten? Wir könnten ein bisschen dazu beitragen, dass sie vertrauter wird mit unserem Leben und mit unserer Kultur.«

Bettina sah ihn an, als rede er Chinesisch.

»Außerdem hat sie ein angenehmes Wesen«, trug Beermann nach.

»Und eine angenehme Figur«, ergänzte Bettina.

Beermann hörte darüber hinweg und ließ sich nicht von seinem Ausflugsplan abbringen. »Wir könnten zur Donau hinüberfahren und nach Blaubeuren. Zum dortigen Kloster und zum geheimnisvollen Blautopf. Ich wette, Feray war noch nie da und würde sich freuen, mal hinzukommen. Ich könnte eine kleine Führung durch die Klosterkirche machen und am Seeufer Mörikes Märchen von der schönen Lau erzählen.«

»Die Geschichte von der attraktiven Wasserfrau, aha, kriegst du sie denn in der richtigen Handlungsfolge und mit allen aparten Details zusammen?«

»Kein Problem«, schmunzelte Beermann, »und im Vertrauen, meine liebe Bettina, gelegentlich träume ich sogar davon.«

FSC
www.fsc.org
MIX
Papier aus verantwortungsvollen Quellen
FSC® C014138

Bibliografische Information der Deutschen Nationalbibliothek

Die Deutsche Nationalbibliothek verzeichnet diese Publikation in der Deutschen Nationalbibliografie; detaillierte bibliografische Daten sind im Internet über http://dnb.d-nb.de abrufbar.

© 2017 Neukirchener Verlagsgesellschaft mbH, Neukirchen-Vluyn
Alle Rechte vorbehalten
Umschlaggestaltung: Grafikbüro Sonnhüter, www.sonnhueter.com,
unter Verwendung eines Bildes von
© chuyuss, Bogachyova Arina (shutterstock.com)
Lektorat: Dr. Susanne Roll, Neuenkirchen-Vörden
DTP: Magdalene Krumbeck, Grafik-Design, Wuppertal
Verwendete Schrift: Adobe Caslon Pro
Gesamtherstellung: FINIDR, s.r.o.
Printed in Czech Republic
ISBN 978-3-7615-6378-6 Print
ISBN 978-3-7615-6379-3 E-Book

www.neukirchener-verlage.de

neukirchener
aussaat

Leben aus dem Einen!

LChoice App kostenlos laden,
dann Code scannen und ganz einfach beim Buchhändler Ihrer Wahl bestellen

LChoice

Spannend und mit einer Prise Humor

Gibt es eine Verbindung zwischen dem Fund des rätselhaften alten Bildes auf dem Dachboden der Kirche und einem kurz darauf verübten Mord? Pfarrer Beermann gerät mitten hinein in die Ermittlungen und in das Dickicht einer dunklen geschichtlichen Vergangenheit. Tiefgründig und spannend!

Reiner Strunk
Einer fällt den Baum
Ein Kirchenkrimi
kartoniert, 174 Seiten, ISBN 978-3-7615-6361-8

www.neukirchener-verlage.de